BREF !

BREF !

150 nouvelles pancanadiennes

LES ÉDITIONS DU BLÉ
Saint-Boniface (Manitoba)

Nous remercions le Conseil des arts du Canada et le Conseil des arts du Manitoba de l'aide accordée à notre programme de publication.

 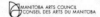

Nous reconnaissons l'appui financier de la Direction des arts de Sport, Culture et Patrimoine de la province du Manitoba.

Illustration, maquette de couverture et mise en pages : Philippe Dupas, Appeal Graphics Inc.

Les Éditions du Blé
340, boulevard Provencher
Saint-Boniface (Manitoba) R2H 0G7
http://ble.avoslivres.ca

Distribution en librairie : Diffusion Dimedia, St-Laurent (Québec)

Catalogage avant publication de Bibliothèque et Archives Canada BREF ! / sous la direction de Charles Leblanc.

Publié en formats imprimé(s) et électronique(s).

ISBN 978-2-924378-65-6 (couverture souple).--ISBN 978-2-924378-66-3 (PDF).--ISBN 978-2-924378-67-0 (EPUB)

1. Nouvelles canadiennes-françaises. 2. Roman canadien-français--21e siècle. I. Leblanc, Charles, 1950-, directeur de publication

PS8329.1.B74 2017   C843'.010806   C2017-905027-3
                                                  C2017-905028-1

PRÉFACE

Né d'une idée originale de l'écrivain et illustrateur
Bertrand Nayet, le projet BREF ! veut célébrer à sa
manière le 150ᵉ anniversaire de l'existence officielle
du Canada, d'où l'idée d'un recueil de 150 nouvelles
de 150 mots ou moins. Il s'agissait de proposer un
jeu littéraire aux écrivains en herbe, aux auteurs
qui s'affirment et aux écrivains expérimentés de la
francophonie canadienne à l'extérieur du Québec, qu'ils
soient citoyens canadiens ou résidents permanents
de tous les groupes d'âge. Tous les thèmes et tous les
styles étaient les bienvenus, la seule contrainte étant
le nombre de mots de chaque nouvelle. Quatre juges
manitobains, soit les écrivains Bertrand Nayet, Lise
Gaboury-Diallo et Simone Chaput et l'enseignante
universitaire Sandrine Hallion, ont coté en aveugle les
195 nouvelles reçues pour choisir les 150 textes publiés.
Les lecteurs feront des découvertes intéressantes.
Bonne lecture !

Charles Leblanc,
directeur de la publication au nom du Collectif post-néo-rieliste

3, rue Pasteur

La nostalgie, Alice la tenait toujours à distance. Pourtant, celle-ci la guettait toujours. Elle l'attendait au détour de la ruelle des Granas, s'en emparait à la vue de l'immeuble du boulevard du Roi Sébastien, l'envahissait à l'odeur de l'oranger, à l'arôme du café. La nostalgie est une sensation douce pour Alice. Elle caressait ses narines, mouillait ses yeux, effleurait sa peau. Oui, elle l'effleurait, car Alice restait toujours à la surface, comme si elle marchait doucement sur l'eau. C'est ce qu'elle se disait ce matin, au volant de sa voiture, alors qu'elle dépassait lentement le 3, rue Pasteur... Toujours rester à la surface. La douce caresse de l'eau.

Myriam Dali

5 février 2036 : un mardi soir à Saint-B.

Meublée par quelques âmes fatiguées, cette salle presque vide est un peu trop froide et éclairée pour que l'on s'y sente à l'aise. Petits gâteaux, jus de fruit, café et thé sont disponibles à volonté... enfin... tant qu'il y en a.

Le reste du monde, celui qui passe devant les fenêtres sans regarder, se hâte de rentrer à la maison.

Il fait nuit.

En toute discrétion les participants s'assoient en rond sur les chaises installées par un quelconque organisateur avant le début de la soirée.

Tour de table pour connaitre les opinions, les moteurs, les différences de chacun... *Whatever*... Ça parle de soi, ça joue les imposteurs.

« Bonjour, je m'appelle Alex et je suis francophone depuis avril 2015. »

« Bonjour Alex » lui répond-on en chœur.

Juliette Méozzi

2

150 mots

Comment faire pour réussir à écrire une nouvelle de 150 mots ? Impossible n'est pas français, essayons. Créer un personnage avare de mots qui tombe amoureux d'une femme extraordinairement belle, mais muette. Ceci évitera des dialogues inutiles. Une intrigue ? Elle ne l'aime pas, elle en aime un autre beaucoup plus loquace et séduisant. Bouleversé, il tombe dans une dépression morbide. Comment va-t-il s'en sortir ? Il faut maintenant, comme dans toute bonne nouvelle, imaginer une fin surprise pour étonner le lecteur.

Attention, vite compter le nombre de mots. Est-ce que n' et l' sont des mots ? J'abandonne, cela devient trop compliqué. Il est vrai qu'aujourd'hui, avec la vogue des 140 caractères pour les gazouillis de Twitter, la pensée se doit d'être concentrée au maximum.

Mais moi, je suis restée coincée au vingtième siècle.

Monique Genuist

À fleur de peau

Emmitouflée dans une couverture, je sirote une verveine. La préposée du spa me sourit nerveusement. Elle bouscule le plateau de figues qui n'en finissent plus de rouler sous les chaises longues. Ma voisine sursaute et soupire. Je ferme les yeux et retourne dans ma bulle. Un fracas de verre brisé me tire de mon isolement. Accroupie à mes pieds, l'employée pleure à chaudes larmes, un tesson à la main. « Pas moyen de relaxer ici ! », hurle une cliente insensible.

Josée Gauthier

À ton 18ᵉ

Si tu veux bien l'ouvrir cette enveloppe...
que son contenu ne t'accable pas
suis-je si égoïste ? En ai-je le droit ?

Tu auras vécu toute une vie
de joies de douceurs de pleurs de plaisirs
je n'aurai connu ni ton visage ni ton nom

Que te dire en dix mots en cent
comment te faire comprendre à demi-mot ?

Si tu veux bien l'ouvrir cette enveloppe...
elle sera vide

... elle sera pleine
de mon silence de ma peine
de tout l'amour que j'ai pour toi.

Tu comprendras.

Maman

Eileen Lohka

5

Adieu

La chambre est vide, Justine le sait. Sacha est parti ce matin dans le seul avion qui a pu quitter l'île avant le passage de l'ouragan. Affrontant le vent violent, elle décide de s'y rendre quand même et, puisant dans ce qui lui reste d'énergie, elle réussit à fermer la porte et les volets juste avant que la tempête ne se déchaine. Elle se glisse sous le matelas, à même le sol. Levant les yeux, elle aperçoit sur le miroir de la coiffeuse un message écrit au feutre rouge sanglant. Tout simple. « À bientôt. Je t'aime. » Des larmes inondent son visage, elle se sent abandonnée.

Le lendemain, l'ouragan est ailleurs, laissant derrière lui un paysage dévasté. Fouillant les décombres du village, les secouristes ne trouvent que des morts. Dans les débris, un bout de miroir scintille au soleil sur lequel on peut lire « Je t'aime ».

Martine Bordeleau

Alors je suis dans l'autobus

Il fait noir et j'ai un peu peur de rater mon arrêt les vitres
sont pleines de pluie et je vois sans cesse de gros phares
brouillés se diriger vers nous puis cesser d'exister il y a
des gens accrochés au plafond qui ondulent au rythme
de la route on arrête il y a un mouvement comme un
changement de marée maladroit et un nouveau passager
s'installe à côté de moi il a apporté un dessert glacé rose
qu'il place sur ses genoux il soulève ensuite avec une
lente convoitise gourmande le dôme transparent qui le
recouvre comme on découvrirait une fleur il promène
une cuillère sur la crème pointillée de bonbons puis
avale et réfléchit longuement avant de répéter son geste
on tourne et soudain je ne connais plus ma place dans
l'univers mais surtout oh surtout l'odeur écœurante de
fruité artificiel me tue.

Lyne Gareau

Amnésie

Quand elle marchait, elle avançait avec confiance. Elle défiait tout, des voitures aux passants, elle se moquait même du vent. Elle mangeait peu, dormait peu, mais depuis deux ans, elle se maquillait mieux. Ses yeux étincelaient toujours, que ce soit en maudissant ses factures ou en mentant quelque promesse d'amour.

Le perpétuel refrain s'entamait de lui-même : aller au bar avec ses prétendues amies, draguer n'importe qui pour le plaisir de se faire regarder, sortir souffler un peu de fumée, boire les verres offerts, célébrer la vie qui passait.

Tant pis pour son copain qui ne savait rien des autres garçons qu'elle embrassait. Elle pouvait bien habiter un appartement qui servait parfois d'abri aux rats et elle se fichait de son patron qui menaçait constamment de la renvoyer. C'était le gout de la liberté.

Elle avait oublié qu'elle avait laissé, loin derrière, les pleurs de sa mère.

Catherine Mongenais

Ancien fumeur

Encore un peu et ça y est. Je dois seulement attendre que l'envie passe et ça ira. J'essaie d'arrêter la cigarette. Ils disent que ça ne prend qu'un peu de volonté. Et puis tant pis, une dernière encore et puis j'arrête pour de bon. Je me demande encore parfois pourquoi j'ai commencé. Une autre ne fera pas de mal. Arrêter de fumer, une cigarette à la fois comme on dit. Je devrais peut-être me lancer un défi. Ça pourrait m'aider. J'y penserai après en avoir fumé une autre. J'ai trouvé ! Dans le cadre du 150ᵉ du Canada, je me laisse 150 cigarettes afin d'écraser pour de bon. Je dirais plutôt 151, parce qu'il est l'heure de prendre ma pause santé. À plus tard, je vous en redonne des nouvelles !

Renaud Doucet

Anna 1943

Les chemises brunes ne voient pas Maman qui me pousse derrière les colis, sur le quai. « C'est un jeu. Reste cachée. Je reviendrai te chercher bientôt. » Elle disparait dans le train, engloutie dans une mer de visages résignés. J'ai 4 ans, j'ai peur. Maman n'est jamais revenue. Le temps passe, j'ai beaucoup dormi. Quand j'ouvre les yeux, je suis dans les bras d'une dame qui lit la lettre trouvée dans mon manteau : « Je m'appelle Anna, je suis orpheline. Aidez-moi. »

Berlin 2016

Je suis de retour pour la première fois depuis 1960. Me voici sur Steinstraße. La maison familiale a disparu sous les bombes russes, remplacée par un immeuble commercial. Agenouillée sur le trottoir, mes larmes font briller des *stolpersteine*, plaques de cuivre incrustées dans le sol. Ce qui reste de mon passé.

Margot Blumenthal, deportiert 1943, ermordet in Auschwitz. Anna Blumenthal, deportiert 1943.

Martine Bordeleau

Arnaque

Pendant la trêve estivale, Anna avait dit, sur un ton plaisantin, vouloir me remercier pour mes bons et loyaux services. Après notre cours quotidien de biologie auquel j'assistais presque machinalement, je lui faisais le point sur les nouvelles notions que Mme Desharnais avait introduites pendant qu'Anna remplissait son carnet de fleurs, les unes plus exotiques que d'autres. La finesse de ses traits révélait un doigté hors pair, ce que ma première visite chez elle confirma. Je ne pus retenir ma surprise en entrant dans l'immense pièce située en plein centre de la demeure et qui faisait office d'atelier. Entre les dizaines de toiles minutieusement signées d'un A.S., ses initiales qui ornaient les quatre murs en lambris de bois, étaient accrochés les mots dont elle s'abreuvait en peignant chaque samedi. Une feuille carrée tachée de rouge retint mon attention. Un coup de massue heurta mon lobe occipital.

Bienvenu Senga

Arthur

Le soleil brille sur la plage, mais Arthur préfère les rochers aux plages sableuses et il y passe la plus grande partie de sa vie. Ce matin cependant, sa vie a pris un drôle de détour. Il était en route vers la plage, histoire de plonger dans l'eau, se rafraichir, quand tout à coup, *zaf*, il se fit happer, bousculer, ce fut le monde à l'envers, suivi d'une chute brutale. Une fois réveillé, avec un mal de tête foudroyant, il s'aperçut qu'il n'était pas seul. Il était entouré de quelques étrangers tous aussi éberlués que lui. Paralysé par la peur, incapable de se retourner, c'est à cet instant, qu'il réalisa que la fin était proche.

Étourdi par la brulure des braises sur sa carapace, il agita désespérément ses pinces sous le chatouillement d'un pinceau plein de beurre.

Arthur, le crabe, était sur un gril prêt à être servi.

Dominique Marie Fillion

Atropa belladonna

Son guide botanique en main, il entra dans le jardin à la recherche d'espèces rares, et il vit la plante. Élancée, elle était davantage un arbuste qu'une plante, robuste et fort ramifiée, aux tiges de couleur rougeâtre légèrement velues. Elle avait l'air sinistre, pourtant elle respirait pleinement la santé. Fermement ancrée dans le sol, elle portait fièrement ses branches touffues et ses feuilles vernissées, avec l'air d'avoir trouvé l'endroit idéal où vivre.

Il savait que cette plante, mortelle pour l'humain, devait être détruite. Mais sa beauté l'avait séduit. Comment ne pas admirer les *cerises du diable* accrochées à ses tiges ou les fleurs en cloche de ce végétal luxuriant au port de reine ? Abattre la *belladonna* ? Impensable ! Émerveillé, il eut un geste de tendresse pour ce bouquet de feuilles et de coroles, qui était de la vie : imprévisible, redoutable, mais exquise et émouvante, reflet de la sienne.

Tatiana Arcand

Attentat

Mordorée est la couleur du feuillage de fin septembre. Les érables écarlates se détachent sur le ciel d'ardoise. Les rayons obliques s'accrochent aux feuilles frémissantes et les taches de lumière tranchent sur l'obscurité naissante. Dans le vent, les arbres qui s'apprêtent à se dépouiller semblent bruler sur le ciel qui a revêtu l'opacité d'une épaisse fumée. Si la fenêtre donnait à l'ouest, je verrais la boule incandescente se fondre à l'horizon et le ciel se muer en un miroir inversé du monde englouti.

Mordoré : le mot suggère deux notions diamétralement opposées, la mort et la lumière. Pourtant il n'a pas de connotation négative, sauf pour moi, ce soir.

Depuis quelques instants, il évoque une souffrance incisive. Le journal ne parlait pas que des autres. Je viens de prendre conscience du fait que tu ne reviendras pas. Tout est en train de virer au noir.

Mordorée est une douleur.

Martine Jacquot

Au revoir Marcel !

La veuve lui tendit l'urne contenant les cendres de son mari Marcel : « S'il te plait, dispose des cendres pour moi. » Il n'osa pas refuser.

— Margot, as-tu une préférence pour la façon dont j'en disposerai ?

— Carte blanche. J'aimerais mieux ne pas savoir.

Aux feux de signalisation, il toisa l'urne sur le siège.

— Coquin ! Où veux-tu que je te foute ? Tu n'aimais que la bouffe, les clubs et les femmes.

Un jour qu'il lisait un article du *National Geographic* sur les rites funéraires d'une tribu brésilienne, un rire diabolique le secoua.

Fermant les livres de recettes, il proposa : « Invitons Margot à diner samedi. »

Il versa les cendres dans la sauce brune du ragout et ajouta une généreuse quantité de cognac. « Voilà copain ! Tu seras le clou de la soirée ! À table ! »

Il leva son verre : « Bon appétit, Margot ! »

Claire Trépanier

Autrefois

Nous avons longtemps marché sous le soleil et la pluie, incertains de la route à suivre et du temps qu'il nous faudrait.

Nous cherchions à retrouver les lieux où, bien des années auparavant, nous avions été heureux. Le décor avait changé. L'air était plus froid, les arbrisseaux avaient grandi, les cailloux n'étaient plus là où nous les avions laissés. Et quand la nuit est venue, nous n'avons pu entendre les cris de joie de nos amis d'autrefois, mais seulement la plainte obsédante du vent qui fouettait les aiguilles des grands conifères.

Alors nous nous sommes retirés à pas lents et prudents, de peur de piétiner ce qui restait de nos souvenirs. Nous avons compris que le retour en arrière est impossible, que le temps efface nos joies impitoyablement, ne laissant d'elles qu'un simulacre trompeur, qu'une illusion sans substance.

Nous avons quitté les lieux comme on quitte un cimetière fleuri.

Maurice Henrie

Avant-hier

Tous les jours sont samedi. Avec leurs relents de funérailles. Depuis le décès de son Élizabeth, le vieil époux s'ankylose.

Sur le perron, la berceuse s'est assoupie. Au jardin, les cônes de l'épinette blanche jonchent le sol et les geais bleus ont déserté les mangeoires vides.

Une odeur d'éther traverse le pas de la porte d'entrée.

« Bonjour, Monsieur Édouard », dit l'infirmière à domicile.

« C'est l'heure de votre piqure. »

Josée Gauthier

Bataclan

Noire et compacte comme une coulée de bitume, la foule remonte lentement l'avenue jusqu'à la grande place rectangulaire. Le bruit des pas qui trainent, des gorges qui se raclent. Betty serre la main glacée de Sarah.

« Tu imagines si ça nous était arrivé ? À nous ? »

Sarah ne répond pas, mais pense aux dorures du théâtre, à la scène éclairée, aux gens qui courent. Aux armes qui crachent leurs flammes et leurs balles. Aux corps qui tombent et s'empilent comme des gros sacs inertes. Aux strapontins éclaboussés et le sang, partout. Sarah a envie de pleurer et de crier qu'elle n'y croit pas, ce n'est pas possible, pas ici.

« Ça nous est arrivé, Betty », répond-elle finalement.

La main de Sarah se réchauffe un peu et les doigts s'enlacent un peu plus dans l'air humide, sous une lumière grise.

Florian Grandena

Beau temps, mauvais temps

Pousse, pousse, et repousse : c'est comme une partie de souque à la corde, mais à l'envers. Quatre roues motrices, à quoi bon sur ce terrain détrempé ? Ils seraient partis à pied qu'ils auraient déjà atteint les grands marécages qui s'étendent derrière la forêt. Il faut dire que la guifette noire ne se laisse pas facilement observer. L'an dernier, seul Bernard, ce cher Bernard, avait réussi à prendre l'oiseau en photo. Cette année, ils s'étaient juré : nous irons, qu'il neige ou qu'il tonne ! GPS, cartes d'ornithologie les plus récentes, rien n'a été laissé au hasard… sauf la météo, et voilà qu'ils s'échinent depuis plus d'une heure à faire avancer la voiture enlisée.

Alors ils prennent une pause cigarette, histoire de souffler. Sur le téléphone intelligent, une notification : de sa cour, Bernard, ce cher Bernard, pose fièrement sous un vol de guifettes noires.

Chloé LaDuchesse

19

Beauregard

Beauregard était habile séducteur d'hommes, de femmes et même d'enfants. Tous se plaisaient en sa compagnie, même les cinq chats et les deux chiens de la maisonnée. Curieux de nature, il se mettait parfois dans le pétrin, mais un simple regard implorant le pardon le remettait aisément dans les bonnes grâces des siens. Impossible de résister à ses beaux yeux bleus.

Il aimait partir seul pour explorer le voisinage, mais appréciait aussi les excursions en famille. Habile chasseur et chef de file, il démontrait habiletés et prouesses à ses compagnons de route. C'est toujours avec assurance et discrétion qu'il entreprenait une nouvelle aventure : il savait être doux et patient.

Mais un jour, un simple coup de fil mit fin à son beau projet d'infiltration. Profitant de la récréation pour s'intégrer aux jeux des élèves, il s'était sagement rendu en classe avec eux.

« Monsieur Albert ? Votre Husky est ici. »

Evelyne Lachapelle

Belle de nuit

L'entrain et l'énergie de l'artiste sur scène étaient contagieux. Sasha affichait un large sourire et, comme Charlotte Gainsbourre-toi, formait des lèvres les paroles des chansons sans pour autant leur prêter sa voix. Sasha dansait à en oublier ce dont elle pouvait avoir l'air — tout ce qu'elle désirait, c'était de poursuivre cette folie, cette frénésie, à n'en plus finir. Elle aurait pu regarder Charlotte — avec sa masse de cheveux roux bouclés, son maquillage professionnel frappant, ses cils aussi longs et épais que son petit doigt, ses ongles une phalange supplémentaire à chaque doigt, ses bottes écarlates d'une hauteur vertigineuse, sa robe violette moulant son généreux tour de taille et son encore-plus-proéminente poitrine — se déhancher et se déchainer toute la nuit. Charlotte était superbe, sompteuse. Elle avait tout d'une femme tout en n'en étant pas une. Elle méritait bien le titre de Reine. Sasha était éperdument éprise.

A.M. Matte

BOSS

Un peu avant cinq heures du matin, une foule contournait une casquette sur laquelle était marquée *Bœuf*. Le couvre-chef trempait dans une mare de sang dans la rue connue pour ses machines à sous 24/24 et surnommée Las Vegas. Les concierges buvaient toujours de l'eau de Cologne et ne s'étaient pas dérangés pour quelque chose du genre, ou peut-être l'avaient-ils laissée pour que tous puissent offrir leurs condoléances.

Les gens l'appelaient Bœuf ou Boss (il avait toujours un sac plastique marqué *BOSS*). Les rues étaient son environnement naturel, il y était en permanence. Il y avait toujours quelque chose à voler, à revendre, de nouvelles bouteilles à ramasser. Il dormait sur les marches devant les casinos. Même les gardes de sécurité n'osaient pas le déranger. Tout le monde autour du district des machines à sous le respectait peut-être, car il avait un sourire honnête.

Vaut mieux mourir chez soi.

Augusté Jasiulyte

Brin de mémoire

« Monsieur Lachance ! Monsieur Lachance ! ». J'étais
sorti de la maison et j'avais traversé la cour à toute
vitesse, il avait neigé la veille, sauté par-dessus la clôture
qui nous séparait de la cour à monsieur Lachance, gravi
les quelques marches de son escalier et sonné à sa
porte, c'est son épouse qui ouvrit, « mon père veut tuer
ma mère ! » criai-je, c'était le jour de ma fête, je venais
d'avoir 8 ans, ma mère m'avait acheté une trousse
d'imprimerie, mon père était revenu soul du travail, la
chicane avait pogné, c'est quand mon père, armé du
couteau à pain, avait plaqué ma mère contre un mur
en menaçant de lui trancher la gorge qu'elle m'avait
dit d'aller chercher monsieur Lachance, ma tite-sœur,
mon ti-frère, mon ami Pierre paniquaient dans le salon,
monsieur Lachance arrivait toujours à temps pour
sauver les meubles.

Jean Chicoine

Camouflage d'ivrognes

On a bu de la bière, on a bu du sherry, et après, on voulait sortir fumer des cigares.

Il faut y aller lentement ! La veille, je m'étais éclaté une cheville en jouant au hockey. J'ai pris ma canne et on est sorti.

Sauf que c'était l'automne, il faisait nuit... *Ayoye*, il faisait froid. Qu'est-ce que je pouvais avoir dans ma voiture ? Un cardigan tout étiré, blanc, en polyester ? J'ai mis ça et ma casquette de laine et on est parti faire une marche en *crapotant* nos faux-cubains. À la lueur des réverbères, je lambinais à côté des deux autres.

V. s'est arrêté au coin de la rue et nous dit en regardant de quoi j'avais l'air : « Vous savez, si la police nous voyait, ils s'arrêteraient même pas pour voir si on a bu, ils penseraient juste qu'on raccompagne un vieux chez-lui ! »

Thibault Jacquot-Paratte

Cessez-le-feu

Je m'appartenais encore quand les hostilités
ont été lancées.
Sans avertissement aucun, j'étais soudainement
la cible d'un ennemi intangible, mais réel.

On m'a déclaré la guerre.
On m'a bousculé, disloqué, comme si j'étais un
pantin sans force, ni volonté.

On m'a attaqué et envahi.
On m'a percé, trituré l'épiderme, enlevé des petits
morceaux, ébloui avec des rayons blancs, enfoncé dans
des tunnels bruyants.

On m'a déplacé.
On m'a envoyé, seul, loin dans des nuits frigides
chargées d'interrogations morbides.

On m'a négocié.
On m'a dit : l'offensive, c'est maintenant ou jamais.
Mais le jamais n'est pas négociable.

On m'a combattu.
On m'a bombardé avec des armes chimiques, jaunes,
brunes, rouges.

On m'a assailli.
On a lancé des phalanges pour tuer des petits fantassins
qui flottaient dans mon sang épais, des envahisseurs
malveillants aux grandes dents.

Puis, on m'a bercé et aimé. On m'a dit que tout
allait enfin bien

Florian Grandena

Comme des lucioles, en plein jour !

De mon voisin grognon, toujours vêtu de noir,
un éclat de rire.
Deux tranches de tomates juteuses dans le pain sec
de mon sandwich.
Le temps d'un café pour lire quelques pages des
Trois mousquetaires.
Encore assez de talc pour quatre jours dans le fond
du poudrier.
Plus que cinq mois à devoir pelleter, pelleter,
encore pelleter le trottoir.
Six autres canettes pour Gérard qui tire son panier
dans la ruelle.
Julie retrouve sa vache bleue sous sept livres oubliés
dans l'escalier.
Le siège libre dans l'autobus 8, à l'heure de pointe.
Vincent qui porte son habit neuf; il a une faveur
à demander.
Entrer, sans hésiter, les dix caractères du code d'accès
du domicile.
Au piano, onze bonnes mesures de Glazunov,
juste assez rêveuses, finalement apprises.
Donc content ce matin, à la douzième minute,
de m'être levé.

René Ammann

Comment lui dire

Il faisait les cent pas dans le salon, évitant soigneusement les bris de porcelaine. Sa respiration était courte, il transpirait. Il fit des poings et lâcha un rire nerveux, pourtant il n'y avait rien de drôle dans tout cela.

Elle lui disait toujours qu'il était gauche, maladroit, balourd, incapable... Elle ressassait qu'elle était lasse d'entendre que c'était un accident et elle l'accusait ensuite d'avoir fait exprès.

Comment trouver les mots alors pour s'excuser cette fois, le vase rare hérité de sa grand-mère, elle ne le lui pardonnerait jamais. Ce vase était ce qu'elle avait de plus précieux, elle le répétait sans cesse.

Pris de panique, il fouilla le tiroir de cuisine, la colle, la colle, ah, la voilà. Il recolla les morceaux de son mieux, balaya et jeta les miettes.

Il plaça le vase de sorte que les brèches soient cachées...

Une clé tournait dans la serrure...

Louise Dandeneau

Confidence 5

Talia est une enseignante dans la trentaine, maman de deux jeunes enfants. Dynamique et professionnelle, elle s'investit beaucoup dans son enseignement : on sent les élèves heureux avec elle.

En dehors des heures de travail, Talia vient souvent prendre le thé. On discute de tout, de rien. On se lie d'amitié. Elle m'a fait la confidence suivante.

Un enseignant embauché dans une petite communauté buvait et entrainait les jeunes à boire, les abusait. Renvoyé d'un endroit, il réussissait toujours à se faire embaucher ailleurs. Le même scénario s'est répété à maintes reprises.

Il a vieilli. C'est dans une maison de chambres en ville qu'il s'est trouvé un emploi. Peu après, il a été sauvagement assassiné. L'auteur du crime n'a jamais été retrouvé.

Les attraits d'une grande ville plaisent aussi aux gens des réserves qui s'y retrouvent souvent. Il y a peu de secrets entre eux.

Evelyne Lachapelle

Décalage

Le soleil éclaire la neige sale accumulée entre chaussée
et trottoirs. Le taxi m'emporte vers l'aéroport; rues
presque vides, impression de vacances illicites, de temps
suspendu, quand les autres travaillent.

Attendre le taxi, se laisser conduire; queue aux guichets,
à la sécurité, attendre l'appel du vol, suivre la file
d'embarquement, s'assoir, s'attacher, attendre.

La machine vous emporte le long des pistes, décolle
avec sa charge de passagers. Rengaine des hautparleurs,
coussin, repas, écouteurs : attendre le service assis,
bouclé, chacun son tour; choix réduit à café ou thé ?
musique ou film ? siège incliné ou relevé ?

Il y a quelque chose d'irréel dans ces grandes personnes
trimbalées, parquées, pouponnées, paquets vivants
encadrés par les sourires professionnels des agents
de bord.

Une demi-nuit, le troupeau docile reprend la queue :
sortir, attendre les bagages, queue aux douanes.

Dehors, ma sœur me conduit aux obsèques.

Jacqueline Barral

Décision

— Mimi, t'rappelles-tu d'son sobriquet ?

— Non…

— La-veut-jamais-rien. T'as oublié ?

Les yeux grands comme des soucoupes, Mimi observe son ainée. C'est elle qui avait baptisé ainsi leur mère, clamant ne jamais pouvoir lui soutirer une cenne, même pour un jujube ! Alors pour le reste… Les mauvais souvenirs la hantent.

Diane demande : « Qu'est-ce qu'on fait ? »

Une chambre vient de se libérer au Foyer-Autonomie. Leur mère refuse d'en entendre parler; si elle décline, il faudra attendre longtemps pour un placement subséquent. L'ainée patiente pendant que sa cadette réfléchit. Comme toujours, Mimi veut que sa sœur décide.

Diane insiste : « Alors ? »

— J'sais pas…

Diane grince des dents. Leur mère s'approprie toutes ses énergies dernièrement, mais elle comprend que celle-ci serait misérable au Foyer. Donc, encore une fois, son bon cœur, ce fléau de malheur, fait fi de son ressentiment et elle s'entend murmurer : « Passons… »

Hélène Koscielniak

Demain

Une chaleur bouleversante nous écrase. Une semaine, trois… Maintenant deux mois interminables. Les minutes stagnent, bourdonnent. Collé à notre peau gluante, le temps s'est arrêté dans cette ville brulante d'aridité. Nous ne sortons plus de nos pièces climatisées, de nos salles aérées artificiellement. Sauf quand c'est nécessaire. Évidemment.

La verdure flétrie, les récoltes meurent sans geindre.

Puis survient la panne d'électricité. Généralisée et irréparable, nous dit-on.

La soif de la terre pousse tel le chiendent autrefois. Les enfants ne miaulent plus, les vieux ne rechignent presque plus. Comme tous les autres, j'attends, suspendu dans un étonnement incrédule. On ne l'avait pas annoncée ni prévue, cette canicule. Les météorologues ne sont que de très vilains devins.

La sueur, l'inconfort, les vexations arrosent la peur enragée qui gronde partout. La désertification avance. L'été s'éternise, s'étale au nord, à l'est. Et ce n'est que le mois de mai.

Lise Gaboury-Diallo

31

Destin funeste, funeste dessein

La voiture accélère. Vrombit. Avance par à-coups.
S'emballe. Grimpe sur le trottoir. Les gens s'éparpillent
comme un jeu de quilles. Plongent dans les buissons.
Lâchent leur cartable, leurs livres, leur café. Certains
hurlent. D'autres se plient sans un mot et disparaissent
sous le capot. Choc sourd des corps.

À l'intérieur, un vieil homme raidi sur le fauteuil. Tête
renversée. Yeux exorbités. La main crispée sur une
poignée de chandail.

La voiture accélère. Vrombit. Avance par à-coups.
S'emballe. Grimpe sur le trottoir. Les gens s'éparpillent
comme un jeu de quilles. Plongent dans les buissons.
Lâchent leur cartable, leurs livres, leur café. Certains
hurlent. D'autres se plient sans un mot et disparaissent
sous le capot. Choc sourd des corps.

À l'intérieur un jeune homme raidi sur le siège. Penché
en avant. Rictus au visage. Les mains crispées sur le
volant. Tendu vers son but.

Eileen Lohka

Dix mètres

Sa chair flasque pend, les seins d'abord, lourds et flétris, puis le ventre, attestant de la même façon que les vergetures et les cicatrices des trois enfants qu'elle a portés. Le gras des cuisses pend, la peau autour des genoux rappelle le visage d'un bouledogue. Ses bras pendent aussi, mais pas pour les mêmes raisons. Toute une vie à se battre contre l'attraction terrestre, un exploit en quelque sorte. Elle a arraché son corps à l'emprise de la terre ferme, a grimpé barreau par barreau jusqu'à la plus haute plateforme où elle tergiverse maintenant. Tout ce qui monte finit par redescendre, songe-t-elle avec résignation. En bas, ses petits-enfants poussent les habituels cris d'encouragement, frappent l'eau de leurs paumes minuscules. Dix mètres. Une autre victoire concédée à la gravité.

Chloé LaDuchesse

Douce-amère

Une seule bouchée suffit. La mousse aux fruits du savonnier, sucrée aux bulbes de camas, offerte dans une coupe élégante sidère Marie. Silencieuse et digne sous son col monté, elle revient involontairement trente ans en arrière. Elle revoit la grande fête à Victoria en 1871.

Sa mère, comme toutes les femmes indigènes épouses des employés du comptoir de traite, prépare le festin. Marie et ses cousines métisses aident leurs ainées.

— Goute, ma fille.

C'est un délicieux moment de connivence mère-fille, cette mousse légère et douce-amère, avant que n'adviennent ses longues années d'orpheline au couvent et son mariage avec Jean, un marchand prospère.

— Marie, demande l'hôtesse, aimez-vous ce dessert indigène ? C'est ce que ma cuisinière réussit le mieux. Je voulais le meilleur pour célébrer les fiançailles de nos enfants. Je suis si heureuse que mon fils ait trouvé épouse de son rang… et de race blanche évidemment.

— Évidemment, acquiesce Marie.

Danielle S. Marcotte

Dualité

Comme d'habitude, il se leva sans manger. Comme d'habitude, je pris plaisir à respirer l'odeur de son café. J'écoutais le sucre tomber, en un souffle, dans le liquide chaud. Lui, distrait, fit tourner la cuillère sans regarder. Je mordis dans un croissant, savourant chaque bouchée. Il leva le nez, agacé, vers la fenêtre, d'où venaient des cris de motoneiges au loin. Je regardai à mon tour pour apprécier la beauté des flocons qui flottaient vers le sol. Froide douceur. Moelleuse lenteur. Comme d'habitude, il mit sa tasse au lave-vaisselle et se hâta d'aller se raser. Comme d'habitude, j'entendais le ronronnement du réfrigérateur en terminant un verre de lait.

J'anticipais le silence que ferait son absence : plus fort encore que celui de sa présence. Bientôt, il sortit en jetant un coup d'œil vers sa montre. Comme d'habitude, il m'embrassa sans y penser. Comme d'habitude, j'en eus le cœur brisé.

Catherine Mongenais

Égaré

Une heure que je marche. J'ai les extrémités gelées, je frissonne. Mon léger manteau ne suffit pas.

L'homme avance péniblement dans la neige. Sa voiture étant tombée en panne sur un chemin désert, il a décidé de regagner à pied le village aperçu plus tôt.

Je dois pourtant être près !

Ne pas céder à la panique. Une idée : chanter. Vigneault, Piaf, Lavoie… Ça fonctionne, il est plus calme. Il prend même plaisir à admirer le paysage, la lune. Dans un champ, il aperçoit enfin une maison. Il l'atteint et entre. Personne, mais il y fait chaud. Épuisé, il s'allonge.

Le policier examine le corps gelé blotti contre la meule de foin.

Pourquoi est-il déshabillé ?

— En situation d'hypothermie avancée, l'organisme ne peut plus prioriser la circulation, l'afflux soudain de sang crée une sensation de chaleur. Souvent aussi, ils délirent et ont des hallucinations.

— Pauvre homme. Emmenez-le !

Diane Lavoie

Éléments essentiels arcboutés

Un grand verre d'eau matinal pour hydrater le corps, un téléphone vieux style, noir et rotatif, qui sonnerait de façon imprévue, au moins une fois, un personnage déguisé qui voyage beaucoup.

De la neige et un détour à emprunter par une journée ensoleillée, un testament possiblement contesté, des inconnus qui se rencontrent fortuitement dans un café du quartier, entre une tasse de thé et un petit déjeuner.

Des patins à glace dans un coin, beaucoup d'ingéniosité et de patience qui aideraient à surmonter une perte récente, une couverture de laine qu'une femme tire de son côté.

Et un livre d'Anton Tchekhov sur la table de chevet, et des mots colorés, subtils et précis, qui se transformeraient au fil de l'intrigue et de la saison, et une fin vivement ouverte.

À nous de jouer maintenant dans le silence et l'étourdissement

Margaret Michèle Cook

Elle en deuil

Elle ramasse les premières feuilles d'érable rouges qui tombent à l'automne et les place, en pleine vue, sur sa table de travail. Elle relit les lettres que son père et sa mère et son frère lui ont écrites, avec amour, lorsqu'elle était en voyage. Elle transporte les araignées qui se trouvent trop proches de l'eau des robinets vers un autre secteur, plus éloigné, de la maison. Elle encourage ses respirations en temps de détresse, avec détermination, en inspirant de plus en plus profondément. Elle sauve les livres de l'oubli en les réservant, sciemment, de l'annexe de la bibliothèque. Elle désire, fortement, relâcher les homards des aquariums et les ramener à l'océan. Elle collectionne les pierres en forme de cœur trouvées, par hasard, sur sa route pédestre. Et elle accueille les larmes bienvenues, avec douceur, dans un mouchoir blanc.

Margaret Michèle Cook

Elle était là, devant moi

Dans l'éclat du soleil levant, je fus le premier à l'apercevoir : une petite ile, parmi les nombreuses que nous survolions, se détachait en raison de sa forme conique. Julia ne tarda pas à la voir à son tour. Au fur et à mesure que nous nous approchions, il nous sembla qu'un halo enveloppait l'ile, puis nous découvrîmes qu'une large fente éventrait la paroi rocheuse qui nous faisait face. Soudain, l'hydravion échappa à tout contrôle et nous eûmes bientôt la sensation que nous étions happés par une force qui nous attirait irrémédiablement vers le cône…

Le bruit sec d'un caillou lancé contre un mur me fit sursauter. Une voix que je reconnus m'appelait. Je me levai et, de la fenêtre ouverte, je vis Julia gesticulant et criant : « As-tu oublié notre ballade ? Les iles au lever du soleil. Dépêche-toi, l'avion nous attend. »

François Lentz

39

En 67, tout était beau

L'Immaculée-Conception d'un côté, le Sacré-Cœur de l'autre. La dernière journée des classes en 1967 fut une fête remarquée dans mon quartier. Entre les deux écoles catholiques, la scène était rigolote : des rangées d'enfants se croisant, l'une composée de filles, l'autre, de garçons. À la queue leu leu, les bras chargés de livres, l'excitation était palpable entre les piles de mots et les étincelles dans les voyelles. Septembre venu, filles et garçons fréquenteraient les mêmes classes pour la première fois. C'était le début d'un Temps nouveau ! Parmi les centaines de garçons qui paradèrent ce jour-là, un seul marqua mon imaginaire. Dans ses yeux, j'ai croisé mon avenir. Comment aurais-je pu deviner que je venais de rencontrer mon futur mari à l'aube de mes 11 ans ? C'était la fête à Montréal… et à Kapuskasing en Ontario. C'était l'année de l'amour, l'année de l'Expo.

Jeannine Ouellette

En eau

Appuyée contre la paroi, elle observait les déplacements
précipités de ses congénères et cherchait à comprendre
la motivation d'une telle débandade. Même à distance,
l'humidité palpable et l'anxiété grandissante ajoutaient
à l'intensité du moment. Elle refusait de céder au
chantage. Elle disait non à ce débordement d'émotions :
colère, déception, douleur, incompréhension. Elle
souhaitait tant pouvoir se libérer de cette servitude
et devenir aussi sèche qu'un cœur de pierre.

Elle luttait tant bien que mal, mais sentit sa résistance
la quitter comme un vase qui se vide goutte à goutte.
Elle se déplaça lentement d'abord, puis, portée par la
frénésie du moment, accéléra le rythme. Le frémissement,
le gonflement, la houle puis le déferlement se succédèrent
pour la mener impuissante au bord du précipice.

S'accrochant désespérément à la courbe d'un cil, elle
glissa en chute libre sur la joue de celle que l'amour
venait à nouveau de trahir.

Suzanne Kennelly

Épistaxis sous les tropiques

L'avion se déplaçait dans l'aube, et mon triste front collé contre le hublot n'allait pas le freiner, l'empêcher de décoller, encore moins de remonter le temps jusqu'au jour de la rhinoplastie – raison d'être de notre visite dans ce fichu pays. « *Headsets ?... Headsets ?* », entonnait l'agente de bord en se déhanchant doucement dans l'allée. À l'horizon, la chaleur déjà suffocante du jour naissant floutait les palmiers et le bitume de la piste. J'aperçus ma fille, debout, là, en plein milieu de la voie bordée de lumières bleues. Elle portait une jaquette d'hôpital maculée de gouttes de sang qui ruisselaient de son nez. Ses grands yeux m'imploraient... J'allais cogner à la vitre, hurler, quand la voix du pilote dans le hautparleur fit dissiper le mirage. Elle était ici, ma fille, sous mes pieds. En soute, allongée dans un modeste cercueil de bois.

Paul Ruban

Et après les champs de bataille ?

Mon père connaissait la guerre. Militaire de carrière, il ne revint dans les bras de ma mère que lorsqu'un éclat de verre vint lui voler la vision de son œil gauche. Tout ce qu'il conserva de son service fut des bouts de métal qu'il étudiait de son seul œil parfois le soir. Mon père marchait, le dos droit, rangeait tout. Ma mère époussetait souvent les médailles exposées sur le manteau de cheminée. Et moi, j'ai grandi. L'enfant que j'étais est devenu un adulte au dos droit, à la maison bien rangée, au cœur grand. Je le surpris pendant une visite à l'improviste à pleurer seul sur une image, un coquelicot dans la main. J'ai serré contre moi son corps trop petit, trop maigre. Il me dit : « Mon grand, n'oublie jamais que ton père est parti à la guerre. »

Marie-Claire Chiasson

43

Falaise

Giboulée de début de printemps. Un mélange de neige et de pluie. Un ciel noir comme un couvercle. Un filet de lumière à l'horizon, liseré éblouissant.

Je ne sais pas pourquoi ma voiture m'avait amenée à cet endroit. La falaise était à pic. Une dernière dentelle de glace s'y accrochait. L'île au large, déserte comme toujours, me narguait au mitan du vert des vagues. Aucun bateau ne passait. Ce ne devait pas être jour de pêche.

En regardant du haut du belvédère, je me dis que ce serait l'endroit parfait pour sauter. En bas, un lit de quartz et de jaspe lavé par les marées. Du bois flotté sculpté par les marées. Sauter. Le continent derrière soi, une impression fulgurante d'avoir des ailes, des images plein les yeux, et le rideau qui tombe quand le bruit et la pesanteur n'existent plus.

Un peu de lumière encore. Un autre printemps.

Martine Jacquot

Gino

Les pieds dans la neige, Marie-Ève voit par la porte entrouverte des vêtements sur le sol de la cuisine. Ça pue le shit, le toast brulé, le café réchauffé. Elle s'impatiente, a froid, crie : « Tu n'es pas encore prêt ? »

Gino n'a pas entendu, il a tiré la chasse d'eau en même temps. Il remonte son slip et le pantalon en skaï qui fait un bruit de plastique chiffonné. Il vérifie sa coiffure crêpée, droite, les sourcils sont épilés. Il ouvre la porte, traverse la cuisine.

— Ah tu es prêt…
— Ben oui.

Elle le regarde, *teeshirt* sombre étriqué, pantalon noir épousant tous les contours de sa morphologie la plus intime. Les yeux sont noircis au khôl.

— Tu vas sortir comme ça ?
— À ton avis ?

Elle se tait. « On y va, dit-il, les funérailles commencent à onze heures trente. »

Florian Grandena

Grisou

Le chaton miaule dans sa cage. La femme susurre des *chuts* pour le rassurer. L'homme à côté d'elle grommèle : « Encore une folle qui apporte son animal dans l'avion. » « Monsieur, répond la femme, Grisou est le seul être qui me reste. » « Viens, chéri », couine-t-elle. Elle ouvre la porte de la cage.

« Vous n'allez quand même pas le laisser sortir ! », s'exclame l'homme.

La femme fait mine de ne pas l'entendre. Elle prend le chaton qui se love contre sa poitrine. D'une main, elle caresse son Grisou et de l'autre, elle dé…

Horrifié, l'homme appuie sur le bouton d'appel…

…bou…

Il pousse continuellement le bouton. « Vous êtes malade », dit-il…

…tonne…

Des *ping, ping, ping* frénétiques sur le bouton d'appel. L'agent de bord arrive, l'air agacé. *Oui ?* demande-t-il, impatient.

…sa blouse.

L'homme montre d'un doigt tremblant le chaton calmé, accroché au sein de la femme.

Louise Dandeneau

Héritage de rêve

Le majordome sortit prendre une marche, tout à l'émotion provoquée par la lettre de son maitre. Il se demandait s'il avait bien lu ?

Tout d'abord, en vertu d'une ancienne législation, on lui laissait l'administration « de tous les biens de la succession, y compris les rentes viagères ». Il supputa l'étendue de sa fortune, d'ici l'été prochain. Il imagina les longues promenades qu'il ferait désormais à travers les fourrés de son nouveau domaine. Trente ans qu'il rêve de ce moment !

Cependant, il y avait un hic…

Surmontant sa répulsion, il répéta à voix basse l'unique condition verbalement posée : *mettre illico le sacristain hors d'état de nuire*. Son ami le sacristain, également premier témoin au baptême de Joseph, son fils ainé.

Il refit encore mentalement le décompte de ses avoirs, se signa et dit en son for intérieur : « Je suis prêt, monseigneur. »

Elsie Suréna

huMAINité

Aplati sur la banquette arrière de la fourgonnette de tante Céline, je scrute les pages de mon manuscrit. *huMAINité*, des mots épars, des vers unis. C'est le fruit de mon éternelle exploration. J'y décline mes constats, j'y décris mes rêves. J'y brise les cloisons pour ériger des ponts. Dans cette atmosphère où les phobies prospèrent et la raison titube, j'inspecte notre société en apoptose et mets les pleins feux sur l'intersectionnalité des êtres. Mes mots exaltent la beauté de la désuétude et dénoncent la laideur de l'opulence. Au cœur de la plaine verdoyante où je me trouve, je rends hommage aux victimes de l'irrationalité humaine et atteste des mille et une saveurs de la différence. Je veux oindre le monde d'un baume analgésique et tendre la main à ceux qui se noient. Ceux qui, libres se croient, mais ligotés demeurent. Un rayon de soleil traverse la vitre et m'éblouit.

Bienvenu Senga

J'avais seulement douze ans…

Ce matin-là je me suis réveillée tôt. Au loin je pouvais entendre notre vieux chien Tippy qui hurlait une complainte. Je me suis approchée de la fenêtre du deuxième étage et je l'ai vu qui tournait en rond comme s'il chassait sa queue. Il s'arrêtait tout d'un coup et changeait de direction. Ensuite, il se mettait à hurler d'une voix plaintive. Il répéta cette scène plusieurs fois.

En route vers l'école, j'essayais de comprendre son comportement sans y réussir.

Quelques heures plus tard, je me retrouvais dans le couloir de l'école avec mon jeune frère Robert. Je me souviendrai toujours de voir Mme Olivier, la directrice de l'école, s'approcher vers nous pour nous annoncer le décès de notre père. J'ai basculé contre le portemanteau – comme si un éclair venait de me frapper.

Louise Dupont

Jésus de Versailles

Tu ne pensais jamais voir Jésus marcher sur l'eau et pourtant, le voilà qui se lave dans la fontaine. Il continue de sentir mauvais, mais avec un relent mouillé en prime. Tu te demandes s'il se peigne avec une fourchette du McDonald's.

Plus loin, Jésus est scotché à la fenêtre qui donne sur le stationnement. Impossible de deviner ce qu'il cherche entre les rares voitures. Personne d'intéressant ne se gare jamais près du Bureau en gros.

Les miracles de Jésus tiennent à peu de choses. Un fond de café qui ne refroidit pas, une hygiène des pieds acceptable, un don d'invisibilité qui le protège des gardiens de sécurité qui, eux, protègent les fontaines. Alors tu songes que tu es la seule à l'apercevoir et te mets à espérer le retour du Messie. Après tout, le centre commercial est un temple comme un autre.

Chloé LaDuchesse

Jonathan

Jonathan était un gros Québécois, un peu épais, arrivé dans mon école en onzième année. Comment était-il arrivé en onzième année, j'en suis pas sûr. Le temps qu'il était là, il a lu son premier livre – un roman jeunesse pour jeunes adolescents. Je me souviens que pendant son dernier semestre, son passetemps préféré était de boire un litre de rhum avant d'aller nager. Il surnommait tous les gars « tite-queue ». Il était respectueux envers les filles par contre. Il fumait beaucoup d'herbe et il m'a donné quelques bons conseils en mécanique. Parlait gros joual.

Tout le temps, il disait qu'il voulait quitter l'école après l'année, devenir militaire pour ensuite pouvoir prendre sa retraite dans la quarantaine-cinquantaine. Les examens passés (miracle ?) il a fait exactement ce qu'il a dit – infanterie blindée. Il est toujours vivant, je crois.

Je porte toujours un grand respect pour Jonathan.

Thibault Jacquot-Paratte

Juin ? Juillet ?

Une journée de plus tire à sa fin… qui n'a même pas commencé. Le temps coule comme du sable silencieux, chaque jour une dune de plus, sans que rien ne change; immensité du désert : impression d'être là, au bord d'une piste parcourue de fantômes. Le temps ne bouge pas. Je ne le sens pas. Comme un film : pas plus réel qu'une série télé ou la paperasse au bureau. Succession immobile de soirs et de jours. On doit parfois allumer les lampes, on n'en a plus besoin un moment plus tard. C'est tout. Ça ne veut rien dire.

Au coin de ma rue, toujours attaché au poteau, le chiot de ce matin ne gémit plus. Regard sans espoir. Pas d'identification. Pourquoi, soudain, je l'emporte dans mes bras ?

Ses grands yeux lumineux, le cœur qui bat. De nouveau, la vie.

Jacqueline Barral

Juste un monde

Une orchidée mauve. Il cherche souvent la fin avant de commencer. Marchera pas; marchera pas. Il se lève dans le noir et se couche dans le noir et au milieu, il y a la lumière de l'écran du téléphone. Il ne sait véritablement jamais ce qui va lui arriver – le bruit d'une sirène, une amie exubérante, un geste de solidarité. L'un crie, l'autre pleure, les unes marchent et les autres grognent. Il va trop vite et saute des bouts de l'histoire sous la pression de la foule et du désir de se libérer. Lestement il s'évade, comme lorsqu'il était petit et conversait avec son compagnon imaginaire. Alors il écoute le bruit de ce qui tombe du ciel – pluie, grésil, neige – dans cette saison de l'entredeux. Juste un monde en mutation, une pièce de théâtre postmoderne, et quelques troubadours.

Margaret Michèle Cook

L'abécédaire de la naissance

Comment sont nées les lettres de l'alphabet, maman ?
La maman de Hugo se mit à tout lui raconter : « Le soleil
envoie aux majuscules vingt-six lettres minuscules
en demandant aux cigognes de les apporter à leur
mère respective. À l'âge adulte, ces lettres minuscules
deviennent des majuscules et acquièrent assez
d'indépendance pour voyager. Le « A » rencontre le « L »
et ensemble ils forment « LA ». Puis le « V », rend visite
au « I » et au « E » pour créer « LA VIE » et ainsi de suite.

Les humains aussi commencèrent à utiliser ces lettres
dans leur langage. Un beau jour, la plus belle phrase
que le papa de Hugo dit à sa maman fut « JE T'AIME ! ».
De cette phrase naquit quelques mois plus tard sa
petite sœur Émilie.

Claire Poliquin

L'égaré

« Où est-ce ? Comment et quand l'ai-je perdu ? »
Elle vida ses armoires, ses placards, ses tiroirs. Elle chercha de la cave au grenier. Elle ouvrit des boites oubliées et y découvrit ses cahiers d'écolière, ses journaux intimes. Elle entendit l'écho des secrets, le murmure de toutes les déceptions. Sur des couvertures délavées trainait une odeur d'enfance : le parfum de sa mère. Elle revit son vieux tableau noir et sa craie au bout d'une ficelle. Sous l'ardoise dormait silencieuse une valise esseulée. Témoin fatigué de son errance.

C'est là qu'elle le trouva. Égaré, fragile, hésitant. Elle respira, le souffle court, l'accueillit dans son cœur, dans son histoire. Elle prit la craie et traça : « Le français retrouvé comme mémoire ».

Sylvie Mongeon

L'été, l'été

Un marché. À l'étranger. Nous sommes arrivés il y a
deux jours. Il fait une chaleur épouvantable. Sollicités
de toutes parts, nous n'achetons rien. Un homme
s'approche de mon père et le conduit dans un endroit
mystérieux au fond d'une cour obscure. Une porte
s'ouvre et se referme sur eux. Ma mère et moi nous
retrouvons seuls. Elle se dirige vers la porte et frappe
rageusement, mais pas de réponse. Ma mère commence
à pleurer. Je sèche ses larmes avec mon petit mouchoir
brodé. « Qu'allons-nous faire ? » Des hommes
s'approchent de nous. Nous ne comprenons pas ce
qu'ils disent. Mon père a disparu. Il ne revient plus.
Une demi-heure passe. Nous sommes désemparés.
Tout à coup, mon père réapparait avec deux hommes
hilares. On lui a offert le thé. Il a acheté un tapis. Il se
moque de nous, car notre visage trahit notre effroi.

Éric Mathieu

L'homme, défi au miroir

Grégoire occultait volontairement sa présence où qu'il fût.

Le miroir dans sa chambre s'étonna la première fois qu'il remarqua qu'il n'en produisait aucun reflet. Il vérifia immédiatement s'il était mis du bon côté et s'il avait le tain qu'il fallait. Oui, tout était correct. D'ailleurs, on l'avait bien poli le matin même. Le miroir se réfugia dans une opacité troublante. Quel embarras pour un miroir noble, porteur d'une étiquette de la même fabrique que les fameuses glaces du hall de Versailles ! Même les vitrines des grands magasins ne réussissaient pas à refléter sa figure. Était-ce à cause d'une courbature dans l'espace-temps ou bien d'une magie diabolique ? La semaine dernière, on publia la nécrologie de l'homme qui posait un grand défi aux miroirs et à la verrerie. La photo dans l'annonce de ses obsèques tirée de son passeport : le rectangle 50 x 70 mm légiféré… blanc.

Ian C. Nelson

L'orange

Cette nuit-là, l'ermite Alex travaillait à la librairie. L'endroit était désert, ce qui lui convenait parfaitement. Il avait fait vœu de silence.

Il reconnut soudain un doux arôme sucré qu'il suivit vers une orange posée sur un guéridon. « Pour toi Alex. » Depuis longtemps, il ne se permettait plus fruits et légumes frais. Alex hésita donc un bon moment avant de soulever l'orange.

Il la soupesa, y enfonça les ongles, arracha un morceau de zeste, révélant une couche jaune pâle. Tiens, ça ressemblait à un continent. Il continua jusqu'à ce qu'il ait entre les mains une petite planète orangée où se dessinaient des pays couleur miel.

Alors Alex pela complètement le fruit, en faisant jaillir de minuscules fontaines d'huile parfumée. Il détacha doucement chaque quartier. Il but l'orange, s'unit à elle, devint un astre qui traçait des arabesques dans le noir.

Alex renonça ainsi jusqu'au renoncement même.

Lyne Gareau

La blague du jour

Robert descendit d'un autobus et fit quelques pas, perdu dans d'agréables réflexions.

Il eut soudain l'impression de se rappeler quelque chose d'important et fouilla fébrilement dans la poche droite de son coupe-vent. L'air soulagé, il en tira un petit trousseau de clés et les compta une à une.

C'étaient celles de la chambre de sa femme et de ses deux filles enfermées à leur insu. Il souriait et s'esclaffait de temps en temps, répétant leurs prénoms en pensant à la blague qu'il avait imaginée. En ce moment même, elles s'appelaient sans doute l'une l'autre, de plus en plus perplexes, ne comprenant rien à la situation. C'est le stratagème qu'il avait trouvé pour un diner-surprise en famille, après une brève course pour rapporter le vin approprié, les empêchant de sortir jusque là.

Au moment où il allait reprendre le bus, il tomba, emporté par une crise cardiaque.

Elsie Suréna

La boussole intérieure

L'écoute. Pour cela un chaud manteau d'hiver en duvet d'oie avec capuchon contre le vent, une petite paire de jumelles, une poche remplie de mouchoirs et des mitaines pour encourager les doigts à se garder les uns les autres au chaud.

La scène. À pieds, au bord de la rivière, par un après-midi ensoleillé. Un chien trotte dans la neige, un bâton dans la mâchoire, un couple avance en tandem en skis de fond, deux femmes arrêtées conversent. Tous suivent les méandres du sentier pour apercevoir les vaguelettes et les herbes sauvages séchées. Ce que nous avons en commun lorsque nous nous mettons face à face.

L'infini. Une volée d'étourneaux dans les arbres dénudés, deux merles d'Amérique assis sur la neige à manger les baies tombées d'un buisson. Et dans les recoins des pensées, la rose des vents tatouée sur l'esprit.

Margaret Michèle Cook

La chambre vide

Sophie ne peut plus supporter son fils. Elle lui attribue mille défauts. Il est gourmand, impoli, ne fait rien pour aider dans la maison. Quand il rentre de l'université, au lieu d'être gentil, il se moque : « Ah, tu es encore en train de grignoter du fromage, affalée devant ta télé ! » Il est temps qu'il déménage, qu'il parte, qu'il se prenne en main !

A vingt-trois ans, Éric pense en effet qu'il devrait devenir plus indépendant. Il cherche un logement. Avec sa maigre bourse, ses choix sont limités. Sophie le nargue : « Alors, tu n'as toujours pas trouvé l'endroit idéal ! » Si, il a trouvé, il est parti.

Allongée sur le divan devant la télé, Sophie rêvasse. Éric la taquinait, s'amusait à la soulever dans ses bras forts, l'imitait, la faisait rire.

Elle se détournera de sa chambre vide.

Monique Genuist

La conduite

Quelle peur, quelle douleur sur son visage tuméfié. Sa lèvre est fendue, sa pommette luit d'un bleu-noir de violence. Dans ses yeux, je lis une peur profonde, une angoisse que mes mots ne sauraient apaiser. Elle est recroquevillée dans son fauteuil, elle se fait fœtus pour parer d'autres coups, d'autres atteintes brutales à son ventre, à son visage, à son sentiment de sécurité maintenant en lambeaux.

Hier, deux hommes pressés, dans leur puissante BMW, ont embouti sa petite carriole plaquée de rouille. Elle ne s'est pas tassée à temps. Ne s'est pas effacée dans le décor. Elle a osé les ralentir. Se trouver en travers de leur chemin, de leur hâte, de leur droit de passage. À coups de bâton de baseball, ils lui ont fait comprendre son erreur.

Et puis, sans arrière-pensée, ils ont disparu, dans un crissement de pneus impatients.

Eileen Lohka

La demande

Mes parents sont partis un beau matin en me disant que tout ce dont j'aurai besoin dans ma vie se trouvait à l'étage. Curieux, j'ai monté les marches deux par deux. J'ai trouvé dans une boite un carnet de dessins, sur une table quelques vieux crayons et sous la poussière, des livres et des albums photos. Vers midi, j'ai voulu m'arrêter, mais comme il ne restait qu'une porte à ouvrir, je me suis lancé dans ma dernière aventure. Derrière la porte, je n'ai vu qu'une tirelire sur une table que j'ai fracassée contre le sol. Elle contenait mes économies de jeune garçon valant à peine deux anneaux d'or. Je m'apprêtais à partir quand je me suis arrêté devant la fenêtre. Et puis, j'ai tout compris ce que mes parents m'avaient dit. Te souviens-tu ? Ce jour-là, sur le balcon voisin, il n'y avait que toi.

Marie-Claire Chiasson

LA dièse majeur

Il vient d'appuyer sur une touche et ça dit : « Le petit renard marron et rapide a sauté au-dessus du chien paresseux ».

Il s'est rappelé des cours de linguistique au collège. Le phonéticien avait passé un film dans lequel on voyait toutes sortes de bouches et de lèvres prononcer des phrases comme : « Le loup rôde un long moment autour des poules ».

Et en anglais quelqu'un marmonnait : « *Lou wrote a long memo on how to play pool* ».

Le prof leur avait expliqué que le film aurait pu s'intituler *Gorge Profonde*. Mais ils n'avaient pas la culture qu'il fallait. Aucun d'entre eux n'avait jamais regardé le film *Deep Throat*. Une fille avec un quoi dans la gorge ? C'était un vieux film, *weird*. Porno pour vieux. L'actrice était morte depuis belle lurette.

Lors du scandale du Watergate, ils n'étaient pas nés.

Henri Paratte

La fée

Elle danse, elle danse. D'une note à l'autre, elle saute : elle laisse la musique lui souffler les pas qu'il faut faire. Le cou gracieux, le bras allongé, le pied plonge vers le bas. Elle semble toucher les anges de ses doigts.

Harmonie d'une nuit, elle suit le son de son envol. Elle laisse les délices de la musique, mêlée aux mouvements, l'emporter doucement. Elle tournoie. Puis, élance la tête vers l'arrière : comme si son cou était offert, invitant le ciel à l'embrasser.

Son âme se noie entre les vagues de son corps et les decrescendos des notes qui la bercent de nostalgie. Elle envoie un simple geste de la main qui rejoint les pleurs du violon : c'est sa plainte qui est poussée, car elle sait bien qu'il ne reste à peine qu'un instant et déjà sa danse sera finie. Voilà que le matin est arrivé.

Catherine Mongenais

La fin de la route

Le ruban grisâtre nous conduisait à la maison familiale. Cette route sur que nous avions empruntée des centaines de fois nous semblait pourtant étrangère en ce matin de juin. Le soleil trompeur inondait le cordon d'arbres aux allures d'une garde d'honneur. Le chemin désert amplifiait le silence engourdissant. Soudainement, là, devant nous, un animal barra notre route, nous obligeant à un arrêt imprévu. Un majestueux orignal nous fixait d'un regard aussi triste que déconcertant. J'ai éclaté en sanglots devant cette présence inhabituelle, inattendue, imposante. Le temps s'est arrêté dans cet espace où nos respirations se conjuguaient. L'orignal a examiné le parebrise pendant quelques minutes avant de reprendre son élan sur l'accotement. Il courut à nos côtés et disparut discrètement dans les bois. Les funérailles de ma mère nous attendaient à la fin de la route. C'est comme si l'orignal le savait.

Jeannine Ouellette

La forêt

Tout se résume à la forêt entourant notre colonie de maisons mobiles qui dérangea quand même un paysage presque parfait. Chaque seconde de chaque minute y était consacrée avant et après le souper.

Dans les bois, tout était possible et tout était permis. Nos pas de danse, en l'absence de nos parents, nous ont accordé notre première cigarette, étouffement et fierté. Tantôt bâtisseurs de cabanes dans les arbres, chef-d'œuvre architectural digne d'un prix, tantôt chasseurs sans pitié de tout ce qui bouge, tantôt explorateurs tenaces et persévérants jusqu'à la noirceur ou l'appel de nos parents inquiets.

L'école terminée ! Fini le repas ! Le bois nous attend. Aucun besoin de se concerter. Nous y serons. Nous reprendrons où nous avons laissé. Où pouvions-nous vraiment aller ? Nous n'étions que des enfants, des voisins, des fréquentations, mais dans la forêt, nous étions frères de sang et amis pour la vie.

Marcel Marcotte

La lettre

Samedi solitaire; j'ai décidé de t'écrire, comme si tu étais le dernier lecteur sur terre.

Cher toi,

Que deviens-tu ?

Question absurde. On ne devient pas, on est. Comment arriver à t'écrire ? J'ai repensé à la route parcourue la veille et quelque chose me chatouilla le cerveau. Une image a dansé.

Je me faufile dans une forêt de flocons.

Allitération ! Les mots pourraient-ils se mettre en place, en dépit du vide qui m'habite ?

Mylène avait mené son projet à bien, elle. Ramé vers l'est. Traversé l'Atlantique, seule. Affronté les tempêtes en haute mer, témoin de la détérioration de la planète. De quoi pouvais-je être le témoin ? De l'impact de la bêtise des hommes ? Mylène est partie d'Halifax et a atteint Lorient. Moi, je veux atteindre l'Orient.

Un autre alexandrin est arrivé.

Une envie de parfum sous un ciel étoilé…

Je me sentais mieux. J'ai repris ma lettre.

Martine Jacquot

La main mortuaire de D'Arcy McGee

Les coqs dormaient encore lorsqu'on déchargea le
cadavre de la charrette, recouvert d'un drap, et qu'on
le posa sur une table de morgue dans la basse-ville
d'Ottawa. Un haut fonctionnaire, blême et nerveux,
marmotta des directives aux deux embaumeurs.

— Ce grand homme aura des funérailles nationales.
Il faudra bien sûr lui préparer un masque mortuaire
des plus somptueux, on s'entend. Ne lésinez pas sur le
plâtre, messieurs, dit-il en fermant la porte derrière lui.

Les embaumeurs réprimèrent une moue de dégout
en levant le drap.

— Le tueur n'a pas raté son coup.
— C'est une bouillie.
— Une ratatouille.
— Y'a rien à faire ! Peut-être le nez, à la limite. Ou
l'oreille gauche.
— C'est un parlementaire, bon sang. Il nous faut un
membre plus… noble.
— Nous allons pas tout de même emplâtrer son…
— Mais non voyons ! Sa main. Nous immortaliserons
sa main.

Paul Ruban

La maison

C'est la semaine de congé de février, nous partons passer quelques jours en forêt, au Nord, dans notre chalet à Emma Lake en Saskatchewan. Il fait très froid, dans les moins trente. En chemin, au milieu de la prairie, plate et désolée à l'infini, nous nous arrêtons un moment devant cette maison que nous remarquons à chaque passage et qui nous fixe de ses orbites trouées. Une maison noire, délabrée, toute de guingois, battue par le vent du nord, perchée sur une petite butte, seule à monter la garde avant de tomber lors d'un prochain blizzard.

Vieille femme décharnée, elle a lutté toute sa vie pour tenir malgré un mari violent, autoritaire et borné, des enfants exigeants et ingrats. Maintenant, le mari est décédé, les enfants sont partis au loin en ville, seule, elle résiste encore à l'appel de la mort.

Monique Genuist

La note

Vendredi matin, je découvre une note sur la table. C'est surprenant, car Fred ne me laisse jamais de note. Peut-être qu'il vient de comprendre que j'aime les lettres d'amour. Je l'aime tellement !

Devrais-je l'ouvrir avant ou après mon café ? Et si sa note me révélait une surprise ? S'il m'annonçait qu'on partait en voyage ? S'il me demandait en mariage ? Comme ce serait romantique…

D'autre part, sa note pourrait gâcher ma journée si elle contient de mauvaises nouvelles. Non, il ne me ferait jamais ça. Je ferais mieux d'attendre. Bon, je l'ouvre après mon café. Que pourrait-il me dire de sérieux ?

Attends ! Fred me laisse parce que je ne supporte pas la tarte de sa mère. Non impossible, lui-même a du mal à la manger. Ben c'est quoi alors ? Oh, j'en peux plus ! Je l'ouvre ! Un, deux et trois !

N'oublie pas ma chemise chez le nettoyeur.

Rachelle Rocque

La nouvelle orthographe

Monsieur Jean-Christophe du Laux, Directeur autoritaire de notre école secondaire, est vétilleux en ce qui concerne l'orthographe. En 1989 il eut son premier rictus quand le ministère de l'Éducation osa suggérer une orthographe *rectifiée*. Cette année, à l'annonce du décret formel d'inclure dans les manuels scolaires la nouvelle orthographe (que Jean-Christophe baptise *bâtarde* avec un capuchon résolument placé), Monsieur le Directeur se jeta sur le premier ordinateur dans la salle des professeurs et avec son doigté prodigieux au clavier – sans même regarder l'écran – sur-le-champ annonça catégoriquement son refus dans le babillard des enseignants :

Qssew ; ?onsieur le ?inistre ; d)i,positions perverties pour l)qpprentissqge de notre lqngue de ?olière et Lq Fontqine1 Je ,)ùerige co,,e Voltqire pour vous estourbir sur !le1chq,ps :

Génie de rapidité à la touche d'un clavier AZERTY, Jean-Christophe ne remarqua pas qu'il dactylographiait son texte sur un clavier QWERTY.

Y a-t-il un cryptologue dans la salle ?

Ian C. Nelson

La sonnette

Lorsque Suzanne déménagea de la maison où elle était née, elle eut le cœur brisé.

Au printemps, ses parents lui permirent de retourner sur la rue McDougall passer l'après-midi avec son amie Anne-Marie. À quoi ressemblaient ces gens qui vivaient maintenant « chez elle » ? Anne-Marie l'ignorait, mais elle avait une idée. Elles sonneraient à la porte, puis courraient se cacher dans les buissons, d'où elles pourraient observer les imposteurs lorsqu'ils viendraient répondre.

Avec l'impression de commettre un acte dangereux, les fillettes appuyèrent sur le bouton. Anne-Marie s'enfuit en criant « Cours ! Cours ! ». Mais Suzanne resta figée. Incapable de bouger. Paralysée. De chagrin.

Ding dong ! Le timbre de la cloche. Ce son ordinaire devenu extraordinaire venait de lui rappeler avec une intensité insupportable que plus jamais elle ne serait dans cette maison.

Que jamais plus elle ne dévalerait l'escalier en criant « Je vais répondre ! ». À jamais reléguée à l'extérieur.

Lyne Gareau

La surprise des rapaces

Tout ce que je sais, c'est que c'est arrivé. Comment ? Ça, j'étais pas là. Mais j'me demande si c'est pas arrivé quand j'suis passé entre ces deux rochers, là-haut. En suivant la piste, c'est à un kilomètre, un kilomètre et demi, mais à vol d'oiseau, c'est qu'à cent, cent-cinquante mètres. En tout cas, là-bas, j'ai entendu un cri. Ça m'a arrêté. On aurait dit un rapace, mais avec une sorte d'intonation, comme une surprise. J'ai attendu un peu, histoire de voir si je l'entendrais pas encore, mais non, rien. Alors je suis reparti. Et puis, en m'approchant j'ai cru que c'était un autre skieur qui faisait une pause. Puis j'ai bien vu qu'elle bougeait pas, puis qu'elle était vraiment dans une drôle de posture, comme impossible, avec cette branche cassée en biseau qui lui traversait la poitrine, mais vous la voyez aussi bien que moi.

Bertrand Nayet

Larme sèche

Froide, suspendue au bout des corniches, la saison pleure sa propre fin, tombant en silence, goutte à goutte, sur la couverture de glace qui enveloppe le potager de l'été dernier.

Larme sèche qui brille sur la joue de Mamadou. Souvenir aride d'au moins trente ans de vie africaine où l'indigence était aussi cruelle que l'eau y était rare.

Bientôt, le potager révèlera sa mémoire brunie et rabougrie qu'un peu de soleil viendra caresser, réveillant, peut-être, l'arôme de patates douces apprêtées.

Entre-saison, arme sèche, tout contre le visage de Mamadou. Espoir d'au moins trente heureuses années dans son Canada d'adoption. Et crainte que sa langue maternelle, sa culture, ne finissent, goutte à goutte, par se déshydrater.

René Ammann

Le blues de la ménagère

Des fois, elle recommencerait à fumer. Elle revoit la fumée emplir la maison. La visite. Les amis. C'était le temps où les jeux de cartes ne cherchaient pas à tuer la solitude. Le temps des plaisirs et des souvenances. Ces moments à entendre les enfants jouer dans la boite de la camionnette pendant qu'ils riaient assis à l'avant. L'époque de la bière entre les jambes et des ceintures juste si ça nous tente. Le temps où on arrivait sans prévenir. Vers l'heure du souper. Elle recommencerait à fumer parce que les jours vibraient mieux au tabac. Quand les yeux nous piquaient. Elle recommencerait à fumer, mais elle ne recommence pas. La cigarette, c'est tout ça et perdre son homme

Sébastien Bérubé

Le crabe qui n'était pas rouge

Il était une fois un crabe. Rouge. En fait, non. Il était rouge parce qu'il faisait de l'urticaire cette journée-là. Il était donc plaqué rouge, mais à l'origine il était d'une autre couleur (mais cela importe peu pour le reste l'histoire). Donc un crabe malade, boursoufflé et rouge. Il avait sans doute pincé quelque chose qu'il n'aurait pas dû pincer… où serait-ce un virus ? Oui, un virus, il était donc contagieux. Il ne pouvait aller à l'école.

Le crabe (qui n'avait pas encore de nom à cette étape-ci de l'histoire et qui n'en aura pas, puisqu'on ne donne pas de nom à un crabe), était condamné à rester chez lui, sur une plage. Non pas une plage, mais une page, c'est cela.

Le crabe-boursoufflé-rouge-souffrant d'urticaire habitait sur une page : tout un tas de mots lui rappelait l'incohérence de sa maladie.

Laurent Poliquin

Le jumeau de papa

À Ottawa, on peut visiter plein de musées : beaux-arts, sciences et technologie, nature, guerre, aviation et espace, sans compter le Musée de l'histoire, l'autre côté de la rivière des Outaouais. Ma première visite au Musée de la nature remonte aux années 1970. J'avais été frappé par tous ces animaux empaillés, surtout l'immense orignal. À chaque automne, papa allait chasser ce cervidé dans les environs de Timmins, mais ne revenait jamais avec un trophée, un panache qu'on aurait pu visser au mur dans la salle familiale.

J'ai longtemps admiré ce mastodonte derrière la vitre, dans un environnement ressemblant à la forêt nord-ontarienne, et j'ai compris pourquoi papa ne pouvait pas en abattre un. Le plus grand des cervidés est un animal réfléchi qui a une personnalité franche et conciliante, exactement comme celle de papa. On ne tue pas son semblable, son jumeau.

Paul-François Sylvestre

Le peintre

Le vieillard posa sa canne sur son tabouret. Il avait
besoin de ses deux mains pour ouvrir la bouteille de gin
qu'il gardait précieusement entre les tubes de peinture
près de son chevalet. Il se pencha et troqua sa bouteille
presque vide contre un pinceau. Il peignit le parc en
commençant par le ciel et les nuages, puis le gazon
et les hémérocalles et enfin les bouleaux et les chênes.
Assis sur son tabouret, il pouvait entendre le rire des
enfants, les discussions animées des mères et les pigeons
roucoulant par la fenêtre ouverte de son salon. Un juron
s'échappa de sa bouche. Le vieillard effleura le tableau
avec la manche de sa chemise. La toile se colora de vie.
Croulant sous la fatigue, le vieux peintre s'endormit,
la bouteille achevée à ses pieds. Dehors, les voix
enfantines s'étaient tues.

Marie-Claire Chiasson

Le portable obstiné

Un jour le téléphone intelligent d'Aymeric devint
obstinément difficile en insistant qu'on l'appelle
portable ou bien *ordiphone* à la française et non pas
cellulaire à la canadienne. Aymeric eut beau s'y opposer
en citant les atouts internationaux d'un *smartphone*, le
portable refusa net de fonctionner. Aymeric manqua
plusieurs appels dans une seule demi-journée. Il eut la
frousse. Il se plia à la forme d'adresse exigée.

C'était un bref cessez-le-feu pourtant, car une semaine
plus tard, il se rendit compte que ses rendez-vous
s'annonçaient de façon aléatoire, ne précisant que le jour
ou l'heure, mais jamais les deux éléments de pair. Et pour
le mois ? Une misérable binette de frimousse sarcastique.

Aymeric décida néanmoins de garder son cellulaire
rechargé dans sa poche (on ne sait jamais si un portable
aura un accès d'humeur indulgent et signalera son
changement de cap par une vibration aguichante
et irrésistible).

Ian C. Nelson

Le puriste

Devant une tente blanche plantée au bord de la rivière, un soldat assis sur une buche polissait soigneusement son mousquet. Le soleil d'été, cruel, le faisait suer à grosses gouttes sous son tricorne, son justaucorps et ses bas en serge de laine. Il balayait un maringouin du revers de la main lorsqu'une jeune femme, vêtue d'un jupon et d'un bonnet, s'approcha de sa tente.

— Mademoiselle Joséphine de Beauharnois, je vous salue !

— Kevin, faut qu'on se parle.

— Sieur Dufrost de la Jemmerais, vous voulez dire.

— Kevin, tu pousses ce hobby de reconstitution historique trop loin.

— Je crains ne point vous comprendre, Mademoiselle. Je ne reconstitue rien. Le présent est maintenant, année de notre Seigneur 1734 !

— Je suis enceinte. Elle était vraiment géniale, ton idée de coudre tes capotes en peau de rat musqué.

— …

— J'en conviens, l'anachronisme du latex aurait été souhaitable. Juste cette fois.

Paul Ruban

Le retour du dernier chef de chasse

On en parlait partout. Un homme armé à cheval dans nos rues. Aux abords de la rivière, chapeau sur front dégarni, barbe hirsute, fusil à la main, arc à l'épaule, portrait tiré d'une autre époque. Un homme ne parlant pas la langue majoritaire qui avait répondu « Je ne cèderai pas *le petit* » lorsqu'on lui avait demandé de rendre son arme. Un homme parti comme il était venu, sans laisser de trace.

Et pourtant, le lendemain, une nouvelle passait inaperçue dans les médias. *Le retour des bisons dans les plaines.* L'enclos visant la réintégration progressive de l'espèce sur le territoire vandalisé. Bisons libérés. Vivants. Ils couraient dans la plaine librement à nouveau, comme un peuple se réappropriant ses rues. Comme un peuple suivant la charge de son général, faisant fi du risque de se faire abattre jusqu'au dernier. Encore.

Gabriel Robichaud

Le rêve éveillé

J'ai beau utiliser toutes les forces de mon corps frêle, ma main reste coincée dans le sable bitumineux. Je me retourne pour essayer de trouver une branche ferme à laquelle m'accrocher. Autour de moi, le sable s'étend à perte de vue. Le soleil se couche et mes lèvres tremblotent. Ma main gauche est toujours hors d'usage. Une énorme griffe transperce mon dos. Un affreux monstre aux rayures noires se dresse droit derrière moi. Un cri long et strident s'échappe de ma gorge.

Du fond de la mer où je suis assis, j'écris. J'explore les algues et leurs vertus. L'eau douce effleure mon corps, mais épargne ma feuille. Ma plume est sèche et mon encrier se vide. Mon fauteuil se dégonfle brusquement. Je suis pris au dépourvu. À l'horizon, une étincelle. Mes pieds découvrent au passage l'écologie du milieu. Le tonnerre gronde. La mer m'aspire. J'écris.

Bienvenu Senga

Le sabre et le papillon

Après sa défaite au gué des Deux-Hérons, le général Takana-Tagatagawa ramena son armée au duché de Chô. Il alla au palais ducal rendre compte de sa défaite à la duchesse Fubuki.

La cour était assemblée sous les cerisiers. Les regards en coin, les lèvres acerbes ne firent pas fléchir Takana-Tagatagawa. Comme il mettait genou à terre devant la duchesse, un courtisan narquois lui lança : « Général, un petit concours de haïkus sur la grandeur de notre maitresse. »

Le général inclina la tête et s'adressa à la duchesse : « Vol du papillon… le sabre du samouraï ne peut le saisir. »

Il dégaina son sabre, le ficha en terre et le rompit.

La duchesse lui dit : « Takana-Tagatagawa, vainqueur du concours, vous m'avez perdu une bataille, allez me gagner une guerre. Et toi, maitre des Lettres, en première ligne tu combattras. »

Bertrand Nayet

Le savoir-faire

Elle savait plaire. Un parfum ni fort, ni doux, des mots qui disaient juste ce qu'il faut, des hanches qui dansaient comme si aucun mouvement n'était calculé d'avance. Paraitre naturelle. Pratiquer l'habileté de se mordre la lèvre gauche.

Elle séduisait, il souriait. Elle avançait, il reculait. L'hameçon n'était pas mordu : il était avalé. À l'aube, il faudrait partir sans le réveiller, en laissant un faux numéro. Ensuite, elle pouvait recommencer. Le *bartender* barbu comme un bucheron, le professeur de philo, le *barista* du Starbucks avec son *man bun*… Quand elle manquait d'idées, il restait Tinder.

Le matin, en quittant sa cible, elle riait.

Le soir, si elle était seule, elle allumait la télé. Dans son rhum, il y avait toujours moins de Coke. Elle essayait d'oublier qu'elle avait déjà une ride au visage et qu'elle n'osait plus se présenter chez son médecin. La peur se buvait bien.

Catherine Mongenais

Le trajet à contretemps

Onze heures. « Fais un vœu, Romane », qu'elle se répétait deux fois par jour, à chaque jour de sa vie, du plus loin qu'elle ne se souvienne.

Le temps avait une valeur spéciale pour elle. Elle le comprenait et lui, il lui était fidèle. Prévisible, constant.

L'horloge intérieure de Romane était presque un hymne à la Suisse.

Mais ce matin-là, son cadran n'avait pas sonné. Ce matin-là, en marchant d'un pas rapide pour rattraper le temps, le nord, le sud, l'est et l'ouest se cartographiaient dans sa tête comme une solution d'algèbre complexe, mais sans la variante du temps.

S'arrêtant d'un coup pour indiquer l'heure à un vieillard, elle fixa sa montre. Trotteuse immobile.

Toutes ces années, tous ces vœux. Jamais, elle n'avait souhaité prendre le temps. Elle ne s'était pas rendu compte que son fidèle compagnon la trompait depuis tout ce temps.

Geneviève Lapalme

Le troisième rein

C'était un grand secret. Il n'était même pas de
Polichinelle. Je n'étais qu'à moitié surpris d'apprendre
que j'en avais perdu le contrôle. Benjamin Franklin avait
raison de dire que trois personnes pouvaient garder un
secret, à condition que deux d'entre elles soient mortes.
Savoir que dans la vie, on s'évertue souvent à s'aligner
sur des citations et des adages m'avait arraché un
sourire. Ce qui se racontait avait l'air anecdotique, mais
c'était vrai : j'avais trois reins. Un de trop. Un cas rare,
dit-on. Devrais-je bomber le torse ou rouler des
mécaniques ? Personne ne m'en tiendrait rigueur. J'avais
avec moi la moitié de la vie de quelqu'un qui mourait les
yeux rivés sur la liste d'attente qui ne bougeait pas d'un
iota. C'est à lui que j'ai pensé en premier, cet inconnu
agonisant. J'ai finalement appelé l'hôpital Montfort :
« Allo ! J'ai un rein à donner. »

Aristote Kavungu

Le trousseau

— Regarde, Marie, je t'ai brodé des draps pour ton trousseau !

Sœur Angélique fixe l'adolescente métisse. Marie baisse les yeux. Une orpheline de mère, éduquée, logée et nourrie grâce à la charité des religieuses, se doit d'être respectueuse en tout temps.

— Merci, ma sœur, murmure-t-elle humblement.

Bientôt, les cloches du couvent sonneront pour ses noces avec Jean, rencontré sur le parvis de l'église de Victoria un dimanche de 1880. Son accent, ses yeux, tout de l'homme rappellent à Marie son père enfui. En sa présence, elle ressent un étrange mélange de désir et de danger, une odeur familière et une peur imprécise.

Les sœurs s'activent à la fête. Gâteau, thé, trousseau, tout est prêt. Pour les religieuses, le sens du devoir accompli. Pour Marie, un vague malaise et un seul souvenir du passé. Son père, la hache levée, sa mère le crâne ouvert. Pourtant, Marie suit Jean dans l'église…

Danielle S. Marcotte

Lèche-vitrine

J'étais hypnotisée. Collée à la devanture de *Chez Doudou*. Je ne voyais qu'elle : rose bonbon avec un col de dentelle fine. L'étiquette du prix était retournée. Mais, je ne savais pas lire. Je rêvais encore de princesses et de diadèmes.

— Encore dans la lune, ma grande, me dit maman. Viens vite. La soupe populaire ouvre ses portes.

Josée Gauthier

Lequel ?

Alain ou Joey ? Comment choisir ? Sous sa supervision depuis huit mois seulement, ces deux milléniaux font également du bon travail malgré leur dépendance aux médias sociaux et leur impatience à être promus. Roger jure à haute voix. L'entreprise doit être restructurée et la direction exige la réduction du nombre d'employés. C'est à lui qu'on a confié cette sale besogne. Grrr !

L'homme se gratte la tête et se dit qu'il prendra deux jours pour réfléchir, après quoi il remerciera l'infortuné qui perdra son emploi. En soirée, il reçoit un texto de Joey :

>   pblm doit m'absenter 2m1
>
>   funérailles de la seule grand-mère
>
>   qui me reste :(

Le lendemain après-midi, une dame d'un certain âge se présente à la firme avec deux cafés Tim Horton's et demande gentiment à voir son petit-fils, Joey. Ahhh ! Soulagé, sourire aux lèvres, Roger remercie le ciel. Dilemme résolu !

Hélène Koscielniak

Les anges gardiens

Comme il avait l'habitude de le faire chaque soir, le père invita sa fille à éteindre le lampion. D'un air solennel, elle s'avança pour entourer la flamme de ses mains de bambine. Elle ferma les yeux et laissa la chaleur la consoler avant de libérer tout son amour sur la flamme. Elle aimait le porte-lampion aux couleurs de nuage et d'azur que son papa avait fabriqué et devant lequel elle priait avant que le soleil se couche. Une fois bordée, en secret, elle murmurait tendrement à ses anges gardiens qu'elle leur ferait de la place de chaque côté d'elle pendant la nuit. Elle ne bougeait presque pas de peur de les écraser ! Oh, ses anges gardiens n'étaient pas du genre avec de grandes ailes blanches mousseuses. Non, ils avaient les visages aimants de ses deux frères qui avaient quitté la Terre pour vivre au Ciel.

Jeannine Ouellette

Les cigales

Les jours de canicule, la petite Claire s'allongeait devant chez elle. Le ciel était couvert de branches d'érables entre lesquelles passait parfois un nuage. Sous ses jambes, elle sentait le gazon tiède. Sur Sainte-Catherine, les camions s'endormaient.

Elle écoutait les cigales : leur grésillement montait en crescendo puis s'évanouissait. Claire sortait de son corps, s'amalgamait à ce chant. Elle était. Complète. Elle devenait. Asphalte. Brique effritée. Feuilles et gouttières. Une cascade de cillements qui déferlait dans l'été.

Parfois. Maintenant. Lorsqu'elle marche au bord de la mer ou parmi les cèdres, Claire retrouve avec bonheur cet état de conscience totale du monde qui l'entoure. Elle est. Simultanément avec les aigles sur une ile salée de la côte ouest, et au cœur même d'une ville de béton qui flotte sur un fleuve.

Claire chevauche la planète et le temps, vers des cigales brulantes qui enflent à n'en plus finir..

Lyne Gareau

Liste de choses à apporter

1. Les billets, le passeport et la carte de crédit – t'assurer que la carte de crédit a une assurance voyage.

2. La caméra de Marisol, parce que pour quelque raison elle prend de meilleures photos que la tienne.

3. Maillot de bain, chapeau et protection solaire SPF 70 – rappelle-toi la dernière fois.

4. Cette robe d'été que Papa a toujours aimée.

5. *I Will Always Love You* de Whitney Houston sur téléphone portable – à télécharger.

6. Lettre d'adieu de Maman.

7. Vitamines et barres de protéines – qui sait comment sera la nourriture à Varadero.

8. Itinéraire d'excursions – il aimerait si tu t'amusais un peu, aussi.

9. Oreiller de voyage – tu sais, ton cou…

10. Les cendres de Papa.

A.M. Matte

Martinique, février 1685

Shlick shlack cliquetis clic shlack.

Malgré la distance, je le vois furtivement me lancer un regard sans pourtant ne jamais s'arrêter. Il sait qu'il ne doit pas ralentir. La chaine de travail dont il fait partie ne doit jamais cesser, chaque homme, chaque femme en est un maillon nécessaire.

Mon cœur est lourd et se déchire. Il rêve de liberté. Un choix lourd de conséquences.

Mes yeux le lâchent difficilement alors que j'approche. La corne sonne.

Machinalement je passe les galettes et remplis les bols. J'ai l'impression qu'ils lisent mes pensées. Soudainement, je trébuche, renversant le repas. Je me roule à terre. Il faut lui donner le temps de fuir.

Coups de feu ! Je lève les yeux, il n'est plus là.

Je continue mon manège sachant ce qui m'attend. Clac ! Le fouet me trouve. Il s'affole, brule mon dos, lacérant ma chair.

Shlick shlack cliquetis clic shlack.

Dominique Marie Fillion

Mimi Manson

Serge était occupé à déconner en écoutant la musique tonitruante quand il l'a frappée. Il ne l'avait pas vue, cette fille aux cheveux rouges, sur son vélo, jetée violemment sur le bas-côté d'un coup de parechoc. Quinze ans, peut-être. Assise dans l'herbe, les jambes pliées, il l'aurait crue une poupée désarticulée.

Elle bouge.

Elle va bien.

— Tu t'appelles comment ?
— Mimi. Mimi Manson.

Une main sur la poitrine, elle respire profondément.

— Tu m'as fait peur...

La roue du vélo tourne encore.

Elle se relève doucement.

— Je dois partir.
— Je peux te raccompagner chez tes parents ?
— Mon père est mort. Je n'ai pas de mère.
— Tout le monde a une mère.

Elle hausse les épaules.

— Je ne suis pas tout le monde, répond-elle sans le regarder.

Elle enfourche son vélo, le souffle un peu court, et part sans se retourner.

Florian Grandena

Minuit moins cinq

Assise confortablement, emmitouflée dans un jeté moelleux, lisant un roman policier captivant, je sentis soudainement un léger tremblement. D'où venait-il ? Avais-je entendu un bruit ? La lumière avait-elle vacillé ? Serait-il suivi d'un deuxième, d'un troisième ? Seule dans la pièce, j'éprouvai soudainement un vertige inconnu jusque-là.

Malgré tout, je continuai ma lecture, fascinée par l'histoire rocambolesque d'un braqueur particulièrement ingénieux. L'auteur n'avait pas ménagé les détails scabreux. Un frisson furtif glissait le long de ma colonne vertébrale presque aux cinq minutes. Puis je perçus un autre tremblement. Fébrile, je me levai d'un bond, jetai un œil à la fenêtre pour vérifier ce qui se passait à l'extérieur, et m'assurai que le double loquet de la porte était bien mis.

Au moment où j'allais me rassoir, une nouvelle secousse me laissa pantoise. Aux aguets, j'entendis une voix presque inaudible murmurer : « Je reviens ».

Il était minuit moins cinq.

Pierrette Blais

Minuit passé

Près d'une fenêtre enfin givrée, tandis qu'au téléviseur
poussiéreux les nations riches paradent en rediffusion,
ouvrant ces jeux en grande pompe, sans réfléchir, par
ennui, par erreur même – ou peut-être, sinon, pour me
prouver ton aisance, ou te déculpabiliser d'obscurcir
ta vérité devant d'autres – , tu m'offres, sur le divan usé
que tu as hérité lorsque ta mère a dû placer ton père
au foyer, une pipe tardive, mais bienvenue, laquelle je
souhaitais - pour la validation qu'elle m'apporterait,
pour la liberté que je pensais qu'elle t'offrirait – depuis
que nos lèvres s'étaient presque frôlées, lorsque tu avais
été contraint de me baiser la joue pendant cette partie
de *King's Cup*, au bar de campagne où tu avais rejoint
tes amis par obligation, mais que j'éprouve à présent,
puisqu'elle confirme ce que l'on soupçonnait déjà
un peu, tous les deux, dans nos cœurs empreints de
graffitis : tu l'aimes encore.

Pierre-André Doucet

Mister Freeze

Jonathan : Eille, j't'ai vue hier à l'épluchette de blé d'inde. Myriam, c'est ça ? »

Myriam : …

Jonathan : On a trouvé un dix cennes en d'ssous des balançoires, on va s'acheter des *Mister Freeze* au dépanneur avec Emmanuel. Tu veux-tu v'nir avec nous-autres ? Tu le connais-tu, Emmanuel ? Yé dans ma classe… Tu vas à quelle école toi ? Je t'ai jamais vue à Saint-Jean-Baptiste… C'est qui tes amis ? C'est-tu eux-autres là-bas sul tapecul ? Ou ben don' t'es toute seule ? C'est plate, jouer toute seule. Ben voyons… pleure pas ! J'voulais pas t'faire pleurer. J'voulais juste t'offrir un *Mister Freeze*. Les blancs, c'est les meilleurs. Ils goutent le melon. Ou t'aimes p't'êt' mieux les *Popsicles* ?

Emmanuel : T'es ben long, Jo. Qu'est-ce que tu fais ? Ah… Perds pas ton temps, elle parle pas français. C'est la fille des Tamouls qui viennent d'immigrer. Ils habitent sur la rue Leclaire.

Myriam Dali

Mon amie Aline qui habite ma rue m'a confié la clé de sa maison durant son absence. Chaque jour, je vérifie la cour, la maison et je rentre le courrier. Hier, tout en préparant mon souper, j'ai pensé aller me rassurer que tout était en bon état chez Aline. Je me rendis compte en rentrant que la fougère pendue au plafond manquait d'eau. J'arrosai la plante et je continuai à faire le tour de la maison. Tout est en ordre, pensai-je, en mettant les deux pieds dans l'eau. Évidemment, j'avais trop arrosé la plante. J'enlevai·mes bas trempés et je m'apprêtai à éponger l'eau. Quel déluge ! Je devais être très distraite en l'arrosant ! Enfin, mes bas mouillés en main, je retournai chez moi.

Impossible de rentrer... j'avais oublié ma clé !

Gisèle Fréchette Beaudry

Notre sentier

Grande inspiration. Air glacial dans les poumons; eau glacée devant. Nous voici, Rocheuses. Démarche saccadée, faux pas, vraies glissades, choisir la pierre la plus plate, repérer le sol le moins spongieux. Secoués par le vent, par la peur, par l'entêtement à préférer ce sentier. Et ne rien voir des aurores boréales, des balbuzards qui s'amusent au-dessus de nous, peut-être.

Long soupir. La prairie étend devant nous son chinook imprévisible, ses inquiétants bisons, son horizon sans repère. Y a des jours de plaine dont nous nous passerions.

Nous devons poursuivre. Malgré les défis plus loin, le relief et ses accidents, le temps et son humidité salée.

Lentement, un pas après l'autre. Hier, aujourd'hui, demain encore. Trainer péniblement, ensemble, nos frêles cent-cinquante ans. Traverser le jardin de la résidence l'Âge Dort, et espérer arriver avant que notre repas, trop spongieux, trop salé, ne soit trop froid.

René Ammann

Nouveau Monde

Le cœur de Marie bat très fort. À huit ans, la petite métisse n'a encore jamais vu de maison de pierres. Celle-ci est énorme. Quatre rangées de fenêtres montent vers le ciel de Victoria. Tout ici semble étrange, angoissant, en ce matin de 1872. Pourtant, elle sait que son père, François, va la laisser là toute seule.

Une immense porte s'ouvre. Une forme curieusement féminine et terrifiante apparait. Cet être vêtu d'une robe noire n'a pas de cheveux. Son visage est entouré d'un cercle blanc, comme s'il sortait de la gueule d'un gros poisson, un tissu souple telle une nageoire sur la tête. Et des yeux bleus. Marie n'en a encore jamais rencontré. Ils la scrutent avec insistance. Effrayée, l'enfant s'étonne.

— C'est très impoli de fixer quelqu'un comme si on voulait posséder son âme, pense-t-elle en baissant vite ses yeux.

Puis, elle franchit docilement le seuil de l'école.

Danielle S. Marcotte

Nouvelle sensation

Je porte un anorak chic. Acheté à Nice. Chaussures
marines assorties. Gants fourrés. La neige tassée
crisse sous mes pas. Je semble marcher sur des blocs
de ciment. Les pieds gelés. Mon nez brule. Je tousse
aussitôt que j'ouvre la bouche. De choc. De froid qui
s'infiltre jusqu'au plus profond de l'estomac. Traitre.
Glacial. Inhumain. L'anorak inutile. Chemise en coton
idem. Pull en coton – trop mince. Je ne tremble même
plus. Automate ambulante rai-die-de-tou-te-part.

Dans la brume figée une apparition. En maillot. De
longs glaçons pendent de sa moustache. De ses boucles
brunes. Son nez sa bouche des fumeroles. Ses dents
étincèlent. Il sourit. Il n'a pas froid ? Cet homme comme
un autre. Canadien oui d'accord. Mais tout de même…

Idiote. Étrangère. Mâle Vénus, il émerge des eaux
thermales de Banff…

Eileen Lohka

Nuit

On passe du canapé au lit. En toute innocence, mais
qui va le croire ? Qui va le savoir, de toute façon ? Tu me
souris, je te retourne ce sourire. Nos lèvres se retrouvent,
encore. Je n'arrive pas à penser. Tout va tellement vite,
et tout tourne pourtant au ralenti. Je sens ta peau sous
le bout de mes doigts. Elle est douce. Frémissement.
Frémissements. Murmures. Lentement, l'exploration
commence. Mes doigts sont guidés par le désir, par le
plaisir. Ton visage, ton cou, tes épaules et tes bras. Tes
mains, tes épaules à nouveau, ton dos, puis tes seins. Tes
côtes, tes hanches et tes cuisses. Mes lèvres remplacent
mes doigts. Tu frémis. Ta main passe dans mes cheveux.
Je continue à embrasser ton corps. Puis je remonte
jusqu'à tes lèvres. Ton souffle sur ma barbe, dans mon
cou. Tu murmures mon prénom. Dans un soupir.

7937

Parenté

Ma mère me disait toujours que l'on est tous parenté
d'une façon ou d'une autre. Jeune fille, je trouvais
ça charmant parce que je rencontrais des nouveaux
cousins partout où j'allais.

Adulte, j'aime moins ça parce que la chasse au mari est
très difficile, étant parenté avec la moitié des hommes
que je rencontre. Ce matin, je vais déjeuner à la Fourche
avec Scott.

Scott ! Quel beau nom anglophone. Quelles sont les
chances qu'il s'agisse d'un autre cousin ? C'est sûr qu'il
ne parle pas français.

En marchant sur le pont Provencher, j'écoute
« Dégénérations » par Mes Aïeux, confiante que Scott
ne fera pas partie de ma famille étendue.

En arrivant au Pancake House, la serveuse m'accompagne
à la table où j'aperçois Scott assis avec mon cousin Éric.
Bouche bée, je lui demande : « Que fais-tu ici Éric ? »

— Ah ! C'est toi qui as rendez-vous avec mon cousin Scott ?

Rachelle Rocque

Paris, bateau Simpatico.

En chien, museau levé, il s'étira. Ses mains repoussèrent
le sol, son buste rehaussé vers le plafond emboisé.
Du coin de son œil, il l'épia. Elle quittait son sommeil,
somnolait… insouciante. Inspiration…

Il se leva et regarda par le hublot, son attention déviée
par une mouette qui virevoltait vers la Seine. « Sympa »
comme disent les Parisiens.

Routine matinale aux allures de luxe devint dépaysement
(en vacances avec cette paix recherchée). Il l'entendit
derrière lui : souffle devenu soupir, gémissement du
réveil, glissement des draps. Il la devina se lever.

Expiration... Ancrage.

Son dos s'allongea, un tronc. Pieds plantés au sol, il
tourna son regard vers le plafond, vers le ciel. Il leva
ses paumes, en guise d'offrande. Elle s'approcha de lui.
Il sentit à l'épaule, cette caresse… au creux du cou, ces
lèvres posées.

Nathalie Kleinschmit

Passion

Devant le miroir, je me brosse les dents, les yeux perdus dans ceux de mon reflet. Ma tête est ailleurs. Une seule chose occupe mon esprit : Frida. Elle est étendue sur la causeuse du salon. Elle attend que je la rejoigne, que je pose ma bouche sur la sienne. Je la fais patienter un peu.

Au salon, elle prend place sur mes cuisses. Je dénude son corps gracile. Elle est si froide. Mon souffle la ranime, lui soutire un cri. Les voisins risquent de tout entendre, mais ils aiment notre musique.

Un la annonce le début des ébats, puis un autre, une octave plus haut. Ma respiration entrecoupe les notes de Frida. Des blanches, des noires, des croches, tout va de plus en plus vite. Il faut plusieurs minutes avant que nous ne trouvions le bon tempo. Mais ma flute et moi avons encore une heure devant nous.

Karine Lachapelle

Pendant ton absence

Un homme est dans sa maison, il reste tranquille et regarde le temps passer. Pour se distraire et oublier son quotidien des plus ennuyeux, il pense à ce qu'il voudrait faire. Sa main fait tourner son stylo, peut-être que l'idée jaillira de ses mains s'il les laisse faire leur propre travail. Peut-être que son génie se manifestera sur la page, peu importe ce qu'il pense et qu'il désire. D'un instant à l'autre, surement, les mots, les traits, les idées, les émotions apparaitront sur la page, la rempliront. Peut-être qu'il pourra valider son existence ainsi.

Mais, la page reste blanche, comme à son habitude. Peut-être demain alors, ce sera le grand jour. Oui, tu reviendras surement, demain.

Gabriel Chiasson

Petit cœur de mésange

Elle a buté contre la fenêtre. Mais elle n'était pas morte. Son cou n'était pas cassé. Des fois, tu le sais si la bête s'en remettra ou pas.

La petite mésange, c'était évident qu'elle s'en sortirait. D'ailleurs, elle a vite ouvert les yeux. Je la tenais doucement dans l'œuf de ma main. Je l'ai sentie bouger alors j'ai serré un peu les doigts pour la garder encore un peu, sentir encore la vibration de son cœur de petit oiseau. C'était un moment vachement intime.

Elle s'est débattue alors j'ai serré un peu plus les doigts. J'ai senti qu'elle pouvait rendre son dernier souffle, là, entre mes doigts. Alors, j'ai serré un peu. Et un peu plus. Elle pouvait plus respirer. Son petit cœur a ralenti, puis il s'est arrêté. C'était touchant et tout. J'ai pleuré un petit peu.

Oui, la mort est bien un arrêt inéluctable.

Bertrand Nayet

Petite fille de l'hiver

La neige tombe à gros flocons sur le toit de notre maison.
Enfant curieuse, tu veux la voir. Ça y est, c'est sûr, c'est
pour ce soir.
Pleine de vie, porteuse d'espoir, tu es née quelques
heures plus tard.
Les semaines passent, le froid agace et toute la ville
change d'allure.
Sous nos crampons, la glace se tasse, craque, et se fissure.
L'air est glacial, nous enveloppe, rosit les joues, pique
les corps.
Pour mieux te protéger du froid, je te serre contre moi,
plus fort.
Mais tu aimes ça, on dirait bien, te promener sur les chemins.
Le froid, la neige ou même le vent, rien ne t'arrête,
jamais assez.
Tu regardes comme hypnotisée, le ciel grandiose d'un
bleu glacier.
Ce ciel immense et enivrant, c'est le Manitoba, mon enfant.
Et dans tes yeux émerveillés, cet hiver, je me surprends
à l'aimer.

Caroline Alberola-Colombet

Piquenique sur l'herbe

Le deuxième dimanche de juillet les enfants entrent gratuitement au zoo. C'est le bordel. Les enfants n'ont envie de voir qu'un animal : celui dont ils trainent partout le sosie en peluche. Le but de l'excursion, c'est la glace en cornet qui leur rend la frimousse et les mains sales et sucrées. Les animaux ont horreur de cette journée d'affluence. Devant leurs yeux passe une série d'étranges créatures dont, de temps à autre, un bras dépasse les barres pour attirer l'attention des fauves. Aussitôt un sifflet strident défend le casse-croute proféré. L'interdiction sonore fait brailler sauvagement d'un côté de la grille et rugir bruyamment de l'autre.

À midi c'est l'heure du piquenique traditionnel sur l'herbe pour les familles. Dimanche, la vedette du zoo – un tigre royal du Bengale – décide de sauter la clôture pour se joindre au festin. De là les manchettes du journal le lundi.

Ian C. Nelson

Pitié

– Y a du sauvage en lui !

La vieille Marie ne bronche pas en entendant ce commentaire sur son arrière-petit-fils. Une vie entière à cacher son héritage métis lui sert de rempart contre toutes les remarques des beaux salons de Victoria. Guindée, le dos droit comme on lui a appris au couvent il y a soixante ans, elle demeure digne et silencieuse. Pourtant, la naissance, en 1914, d'un de ses descendants à l'allure si amérindienne n'en finit pas de la surprendre.

Comme la vie a été injuste pour cet enfant, le seul des siens à porter clairement son hérédité au front ! Un patrimoine qui lui a valu toutes les humiliations. Mais de cela, son interlocutrice ignore tout.

— Le journal annonce que ce meneur de la rébellion au pénitencier de New Westminster sera fouetté… et sans pitié j'espère !... Mais, Marie, vous tombez !

— Pitié ! Pitié ! demande Marie dans un dernier soupir.

Danielle S. Marcotte

Pluie

Entre la pluie et moi, il y a une belle complicité. La pluie qui descend du ciel et qui s'accumule au sol. Depuis des jours, elle tombe dru sur moi, sachant que je suis son meilleur ami. Celui qu'elle peut sans conséquence mouiller jusqu'aux os.

Je refuse de me mettre à l'abri et ne déploie aucun parapluie qui pourrait compromettre notre vieille amitié. Pendant qu'elle s'abat sur moi, je lui offre mes cheveux, je lui ouvre ma bouche, je la laisse brouiller ma vue et farfouiller dans mes oreilles.

À cause d'elle, je ne pars pas. Les deux pieds dans la glaise détrempée, je reste ici avec elle. Car elle est ma copine quotidienne et ma meilleure tristesse. Elle le sait, je suis celui qui peut survivre sans soleil. Celui qui colle au paysage qu'elle habite et qu'elle noie. Je reste au nord par amour pour elle.

Maurice Henrie

Pour un oui, pour un non

— J'te gage que j'pourrai l'faire.
— *No way* !
— Oui *way* !
— Pas sans t'casser l'cou.
— Tu verras.
— Non. Tu pourras pas.
— Oui.
— Non.
— Oui.
— Non.
— J'AI... DIT... OUI !

Il sortit. Son frère le suivit.

Il fit une grosse pile de foin devant la grange, dans laquelle il entra par la suite. Il grimpa sur l'échelle et s'installa à la fenêtre. Au sol, son frère le regardait, inquiet et fâché.

— Tu vas t'casser l'cou !
— Non !
— J'en suis sûr.
— Tu vas voir, chu capab'.
— Non !

Il enfila sa cape Capitaine Canada et sauta.

— Ouiiiii !

Pendant sa chute, qui fut bien moins longue qu'il ne l'avait cru, il entendit les cris stridents de son frère… Il rata de peu la pile de foin.

Il ne se cassa pas le cou. Mais il fit un long séjour à l'hôpital et encore aujourd'hui, il a une jambe plus courte que l'autre.

Louise Dandeneau

Qui se ressemble boit ensemble

Je sors les canettes de mon blouson de cuir et je rabaisse la bordure de mon chapeau. On ouvre nos bières, avec T.

À la tienne camarade ! On boit, et on marche dans la rue. C'est presque désert. C'est dimanche. Il y a des enfants qui arrêtent de jouer au basketball, qui nous regardent, et un d'eux nous pointant du doigt s'écrie « Ching chong et Jack Daniels ! Ching chong et Jack Daniels ! »

La vie n'est pas plus mal qu'autre chose quand on est une caricature. Ching chong et Jack Daniels, ils boivent leur bière, ils marchent dans la rue, c'est dimanche.

Thibault Jacquot-Paratte

RÉ dièse majeur

"Roses are red
Les violettes sont bleues
J'suis juste un corps
And so are you"

Bon, c'est en anglais.

Ben, c'est notre réalité, tu vois. On vit entre l'anglais et le français tout le temps. Impossible d'en éliminer un.

Quand ils ont dit que Thanatos s'était suicidé, cela ne m'a finalement fait ni chaud ni froid. Il n'y a pas eu pour le chanteur des Moustiquaires une veillée funèbre comme pour Kurt Cobain. Il faut dire que Kurt Cobain, tout le monde le connaissait, les musiciens des États-Unis le monde entier les connait, Thanatos il y avait juste les fans des Moustiquaires, et encore.

Son vrai nom, Wayne Dubois, n'avait aucune importance.

Aucune fille ne pleurait pour lui avec une bougie dans les mains.

Il n'aura jamais joué sur la Colline parlementaire le 1er juillet.

Sur sa tombe, ça dit : « *Our beloved son* ».

Henri Paratte

Refaire le monde

Souvent, je ne sais pas quoi faire. Je vais voir mon père pour qu'il ouvre l'ordinateur avec un mot de passe, « pour jouer des jeux » que je lui dis, « demande à ta mère » qu'il me répond. C'est souvent comme ça. Je demande à maman et puis elle est sous la douche. Mon frère, lui, a ses voitures. Il invente des histoires de carambolage et ça lui suffit. Il me reste la télé avec ses vieilles cassettes VHS et ses DVD. Je me rabats souvent au sous-sol, c'est un moindre mal, parce qu'en fait, je n'écoute pas vraiment la télé. J'éteins la lumière. Je sors ma lampe de poche et puis je rentre dans une tente fabriquée avec une couverture trouée coincée entre deux chaises. « Attention Capitaine, la nuit va bientôt tomber. » Là j'aimerais bien dire que je refais le monde.

Laurent Poliquin

Renaissance

Il est né un soir d'orage, à la maison. Sa mère très religieuse, qui avait fait fuir son père, croyait à la prière plutôt qu'à la médecine. Heureusement, une sagefemme a été suffisante.

Il croyait que sa mère l'aimait pour qui il était, mais elle ne l'aimait pas en raison de ce qu'il n'était pas, soit un ange au lieu d'un garçon, d'un enfant du péché.

Il grandit sous sa férule et ses coups. Toujours la peur et le désir de partir très loin.

Lorsqu'elle eut son ACV, il demeura avec elle, ne pouvant se résoudre à l'abandonner.

Elle ne parlait plus. Elle grogna. Il lui apporta son potage, la regarda manger. Après l'avoir couchée, il sortit sur la galerie. Il n'en pouvait plus.

Qu'est-ce que je fais ici ? Ai-je déjà rêvé plus loin que la cour arrière ? Mourra-t-elle un jour ?

Ce soir-là, il choisit d'utiliser le poison.

Charles Leblanc

Rituel

Inspection finale de Grand-Mère : « Allez ! ». Soleil de la rue. La moustiquaire, le vieux couloir sombre et frais à pas feutrés, puis, la « jolie cuisine ». Elle nous attend dans son fauteuil d'osier couvert de coussins tapissés, près de la cheminée astiquée et ses pots d'épices vides.

Elle demande des nouvelles de l'année scolaire, commente notre bonne mine : traditionnel immuable de l'été, dont nous savons chaque phrase, chaque mot.

Alors, elle se lève et trotte, menue dans sa robe à pois noirs et blancs, le haut du corsage fermé par une broche en argent au-dessus de la poitrine encore arrondie reposant sur la ceinture. Elle prend la boite de berlingots sur l'étagère et nous laisse chacun en choisir un.

Maintenant, les vacances peuvent vraiment commencer...

Jusqu'à cet été ... Grand-Mère s'était envolée.

La nouvelle voisine est jeune, elle n'a pas de berlingots.

Jacqueline Barral

Roi des forêts

Cet ancien sapin, dont les racines sont tissées dans le sol forestier, danse avec la brise. Les bois sont animés. Matin paisible, matin harmonieux.

Or, un jeune bucheron s'enfonce dans la mer de troncs rugueux. Qui sera sa victime aujourd'hui ? Souriant avec anticipation, il remarque l'épaisseur supérieure du vieux conifère. La cible est déterminée.

Armé de sa hache, le guerrier se lance à l'assaut. Petit à petit, ses coups assénés coupent le tronc. Enfin, après des heures de bataille, l'ennemi est vaincu. Maitre de la Nature ! Le bucheron est ivre de pouvoir en voyant cette cime épineuse pencher et s'effondrer.

Toutefois, le vent forcit en vengeance. Une rafale puissante pousse l'arbre moribond vers le bucheron. Dans un tourbillon de branches et de chair, le sapin écrase le jeune homme. Immobiles, les deux conquis s'embrassent dans la mort… et la forêt danse encore.

Jérémie Beaulieu

Ronne

Vous n'auriez pas vu mon chien ?

La tempête, sa laisse s'est brisée. Parti en fou. Pas vraiment mon chien, celui de mon chum parti voir sa mère vers les Rocheuses. Ça fait deux ans. Le crisse ! Mettons que c'est mon chien.

Elle travaille au café.

Je t'ai reconnue, tes beaux yeux, à travers tes foulards. Tu les as vues les montagnes ? On pourrait y aller ensemble.

J'aimerais bien, pourrais ramener le chien en même temps !

Le promènes-tu par ici ? J'te gage qu'il est proche. Doit faire sa *ronne de lait*.

Sa quoi ?

Sa *ronne de lait* ! Coudon, t'as quel âge ?

Chanteur de pomme, t'es *cute* pour un p'tit vieux, tu pourrais bien m'expliquer… la *ronne*.

Imagine un cheval. Commence avec ça.

J'te gage que mon chien est au café. Je t'en paie un. Pour les montagnes, on verra. T'avais reconnu, le bonhomme. Dis-moi, après le cheval… quoi ?

Jean-Pierre Spénard

S'époumoner

Je me suis accusé de tous les torts : j'ai dit quelque
chose que je n'aurais pas dû dire, pas assez ci, pas
assez ça, trop ci, trop ça. Disons que j'ai été bouleversé.
Comment t'expliquer… j'habite depuis trop longtemps
un pays auquel je suis assez mal adapté. Ça aiguise une
acuité. J'ai l'impression de voir des choses que personne
ne voit. Des beautés invisibles. Bien sûr des paysages.
De remarquer des parfums, des saveurs aussi. Surtout
des gens. Je t'ai vue, je t'ai rencontrée et je te connais à
peine. Ce que j'ai ressenti, c'était la première fois depuis
vingt ans que j'y goutais. Un sentiment. Quelque chose
qui vous prend en dedans. Pas nécessairement agréable.
Comme une angoisse. Pas normal du tout. Mais pour moi,
c'était un signe. Mais bon, si la demoiselle ne vous rappelle
pas… ça reste une image… un cœur s'époumonant dans
le silence.

Laurent Poliquin

Se dire

Le souvenir le plus douloureux qu'il gardait de l'histoire que lui avait racontée son grand-père peu avant son décès était les larmes de détresse du jeune enfant qui regardait les silhouettes de ses parents, figées dans l'immensité blanche et glaciale, par le hublot de l'avion qui l'amènerait, loin de chez lui, dans une école où il serait dépossédé de sa langue, de sa culture et de son identité.

Peut-on réduire à une image, même aussi forte, une telle tragédie humaine ? Peut-on faire pleinement ressortir en 150 mots, puisque telle est la consigne, l'impact générationnel d'un tel génocide culturel ? Il sentait que la réponse à ces questions qui le tourmentaient constituerait son récit identitaire.

Il finit par se convaincre qu'il pouvait relever le défi de la brièveté pour que cette histoire-là soit racontée, elle aussi, en l'année du 150ᵉ anniversaire de son pays, et il se mit à écrire.

François Lentz

Ski

Le froid rougeoie mes paupières. Il me révèle à contrejour le sang qui coule en moi et que, surtout en hiver, j'ai tendance à oublier. Car l'hiver favorise indument le blanc au détriment du rouge qui, lui, ne se manifeste qu'accidentellement, quand la peau quelque part se fend. Je descends à toute vitesse la pente de ma vie, en évitant les enfants aux casques roses et les demoiselles aux hanches penchées. Je me moque bravement du froid qui envahit ma chair trop longtemps exposée. J'ai négligé au départ de m'emmitoufler corps et âme dans quelque laine couleur du temps.

Au bas de la piste, il y a la grande roue qui tourne à l'horizontale, sans égard aux engelures de tous ces passagers qui lui confient leurs joues blanches et insensibles de février. La grande roue fatidique, celle qui les attend tous pour un dernier tour de piste.

Maurice Henrie

Sombres visions

Devant le grand miroir de l'armoire, elle se tient immobile. Les mains aux hanches, elle scrute quelque chose. Le regard encore troublé par la colère, elle revoit en pensée le bouquet de fleurs soi-disant acheté pour elle et offert à une autre. Comme elle fut naïve toutes ces années ! Elle voulait surtout y croire : l'amour doit bien exister ?

Elle hoche doucement la tête en se mordillant les lèvres. Elle ne veut pas se retourner, car, qui sait ?, tout pourrait devenir réalité, d'un coup. Elle reste donc là, comme absente à elle-même malgré les mille questions désormais sans réponses définitives. Elle continue de hocher la tête, les mains sur les hanches dans cette robe à motifs de tulipes, celle qu'il préférait.

Elle reste là, devant le miroir, y fixant comme de loin leur lit si proche. Elle ne sait comment se retourner pour faire face au cadavre.

Elsie Suréna

Sourire I

Deux regards qui se croisent. Deux sourires qui s'échangent. Et puis plus rien. Juste une pensée, un souvenir, le souvenir d'un instant de bonheur. Éphémère. Suivi d'un peut-être, d'un « Et si... » qui s'estompe aussi vite qu'il est venu. Les heures passent. Un jour, puis deux, puis une semaine. On repasse au même endroit, à la même heure, avec cet espoir un peu fou de retrouver ces yeux, ce regard, ce sourire. Un peu fou, et pourtant on attend, on guette. Et si... Rien. On continue son chemin. Un peu penaud, un peu ridicule. D'avoir pensé que peut-être... Les heures, les jours continuent de passer. Avancée inexorable et inéluctable du temps. Qui passe. Qui fait mal. Qui bouffe de l'intérieur. Et puis on oublie. Enfin, presque...

7937

125

Sourire II

Un jour, on le recroise, ce regard. Quelques instants pour se rappeler, quelques millisecondes d'hésitation. Puis ce sentiment qui revient. D'un coup. Là, la mécanique des émotions prend le dessus. Le sourire réapparait, un mélange de joie et de timidité. Avec un brin d'espièglerie. Il est un peu plus long que le premier. À peine. Il y a du réconfort aussi. Non, je n'ai pas oublié. Et ce regard est empreint d'une douce chaleur, d'une douce douceur. Puis on passe son chemin. Adieu. À demain. On ne se retourne pas, même si l'envie est là. Le soir, on repense à ce moment furtif. On ferme les yeux, et on regarde cette scène se rejouer. Encore. Et encore. On se sent bien. On sourit. Sans personne pour recevoir ce sourire. Elle est là, elle vit, elle pense...

7937

Souvenirs

Sur la page blanche la plume glisse lentement, l'encre coule, les mots s'étirent, l'histoire se raconte.

J'aurais aimé que cette histoire soit mon histoire. Que ce que j'ai vu soit rapporté à jamais afin qu'un jour peut-être quelqu'un apprenne et ne fasse pas les mêmes fautes que celles du passé, mais les mots qui défilent racontent ce que l'on veut dire et non pas nécessairement la vérité que j'ai vue, moi qui suis les yeux du temps, moi qui suis l'âme du vent. J'ai vu le temps passer. Je me meurs et il le sait.

La tronçonneuse gronde. Je tombe et, comme mes branches, mes souvenirs s'effondrent, s'enfoncent dans la terre à jamais enfouis, oubliés.

Je suis ramassé, coupé, écrasé.

Je deviens feuille de papier, et malgré mes cent-cinquante ans je ne dirai rien sous cette plume qui me couvre de souvenirs d'une histoire mensongère.

Dominique Marie Fillion

Suite

Couché sur l'ensellement du roc, je me repose en fixant les nuages meringués qui frôlent la crête aux parois escarpées, verticales par ici, biseautées par là. Je me lève, réajuste le baudrier à ma ceinture, dégage mon mousqueton à vis, le descendeur et la corde. Prêt, debout devant le mur à escalader. Le sentier, inexistant, se devine entre les failles de glace et les affleurements rocheux. Je plante mon piolet et une pluie de gravillons et de cristaux darde mon visage. Je gravis la paroi en diagonal. Le vent me fouette soudainement.

Il a neigé récemment. En contournant cette façade, je visualise la suite. Nouvelle bourrasque.

Mon inattention : brève distraction qu'on n'a même pas le temps de s'expliquer. Mais qui change tout.

Je perds pied. Mes crampons grattent une surface patinée, lisse. J'entends le cri assourdissant, cette stridulation aiguë d'une craie écorchant le tableau noir de mon rêve. Je respire.

Lise Gaboury-Diallo

Surprise !

Madame Aldrige habitait un appartement devenu trop petit depuis l'arrivée du troisième enfant. Nouvelle venue dans cet humble centre minier, elle connaissait peu de gens ici, mais son mari avait pu y décrocher un emploi lui permettant de subvenir aux besoins de sa famille grandissante. Pour elle, il y avait peu de détente. Les enfants, les repas, le traintrain quotidien occupaient ses journées.

En ce début d'après-midi, les enfants s'étaient enfin assoupis. Voulant se rafraichir, elle se rendit à la salle de bain. Mme Aldrige ouvrit la porte, cria et s'évanouit.

Assis devant le miroir, un petit poilu s'amusait avec le maquillage de la maitresse du logis. L'intrus était habitué à se balader sur clôtures et toits du voisinage. Curieux de nature, il lui arrivait de profiter d'une fenêtre entrouverte pour explorer l'intérieur des demeures.

Personne n'avait cru bon avertir Mme Aldrige de l'existence du singe de Monsieur Poisson.

Evelyne Lachapelle

Taxi

Marcello n'avait pas besoin de lever les yeux vers le rétroviseur pour comprendre ce silence, un vacarme muet amplifié par les cordes de pluie tambourinant contre le parebrise. De rage, il tordit le cuir du volant comme s'il essorait une guenille. Puis il disjoncta.

Il arrêta brusquement le taxi sur l'accotement, sortit sous le déluge, ouvrit la portière arrière, arracha le portable aux mains de sa cliente et le fracassa par terre.

— Parle-moi, *merde*! Tu sais ce que c'est, étouffer de silence onze heures par jour? Il y avait une époque où dans un taxi, deux homo sapiens menaient ce qu'on appelle une conversation. Cette foutue machine est-elle plus impor…

Marcello n'eut pas le temps de finir sa phrase, qu'un SUV le renversa et le tua sur le coup. La conclusion de l'enquête policière : « Distraction au volant / conducteur textait en conduisant. »

Paul Ruban

Trompe-la-mort

Lorsque j'entrai dans ma chambre, il était étendu sur mon lit. Vêtu d'un costume trois pièces, d'une cravate et d'un chapeau de feutre, les joues creuses, les yeux fermés et la bouche bleutée, il me sembla qu'il était mort. Mais il ouvrit les yeux et je poussai un cri. Il me dit de ne pas avoir peur. Il se leva péniblement et se plaça en face de moi. Il me prit la main et dit : « Écoute-moi. ». Il me raconta alors son parcours, ses métamorphoses, sa rage de vivre. À la fois Gilles de Rais, Vautrin, Charlus, Comte de Saint-Germain, c'était un homme qui traversait les siècles à la recherche de l'amour parfait. Mais las d'errer, il voulait se fixer ici avec moi. « Pourquoi ici ? Pourquoi moi ? » Il ne répondit pas et se contenta d'avancer la tête pour enfouir son visage dans mon cou.

· *Éric Mathieu*

Trop sensible

Assise dans l'autobus, collée contre la fenêtre pour ne pas que le bras ou la cuisse de son voisin la touche, elle se sent prête à exploser, comme une kamikaze.

Elle est trop sensible. Son soutien-gorge est un corset de fer qui serre sa poitrine. Ses vêtements, une lourde armure qui dissimule ses blessures de guerre, en plein mois de juillet, sous les bombardements de shorts courts et de camisoles. Elle est assaillie par la sueur aigre des hommes. Elle hurle en silence quand ils caressent leur barbe qui pousse en aiguilles. Elle met ses écouteurs dans ses oreilles pour tuer les bruits, les éclats de rire qui fusent de toutes parts. Elle ne peut plus continuer ainsi. Elle va exploser. Elle en est certaine.

Mais non. Elle implose. Sa douleur se retourne contre elle, en cachette. Personne ne voit rien et l'autobus poursuit sa route.

Karine Lachapelle

Troubadour

À l'hôtel de ville, près de la fontaine, il sort sa guitare. Pudique et sans arrogance, il partage ses fêlures et ses blessures. Il raconte ses femmes… des histoires enterrées, qui renaissent chaque fois qu'il les fait entendre. Sous la tour de l'horloge, l'étranger joue sa peine pour cette fille insouciante et sans gêne qui le fixe un instant. Il chante pour ce vieillard bilieux. Ses mélodies enveloppent les passants hésitants et curieux.

La nuit se réveille, les ados sortent et s'arrêtent, saisis par la voix douce qui les invite à la fête. L'un accepte la guitare, l'autre commence à chanter. On danse. Celui qui reste dans l'ombre les observe, sachant bien que la vie est faite de ces moments éphémères.

À minuit, la musique s'éteint. Il se retourne et il me voit. Il hoche la tête, mon cœur s'arrête… Il range sa guitare et s'approche de moi.

Nathalie Kleinschmit

Tu viendras ?

J'imagine que son ton suppliant sera accompagné d'un sourire croche mais sincère.

— Non.
— Pourquoi pas ? Je veux tellement que tu viennes…

Elle hésite, cherche encore à me convaincre. Je devine sa moue habituelle. Peut-être fronce-t-elle ses jolis sourcils maintenant.

— Ça ne me tente vraiment pas.
— Mais, j'ai dit à tout le monde que tu serais là !

Voilà, elle déballe son argument définitif. J'entends un petit rire nerveux. Ou est-ce un hoquet ?

— Non. Je t'ai toujours dit que je n'irais pas, pas vrai ?
— Oui, mais…
— Je te rappelle demain.
— Attends ! Attends ! Qu'est-ce que je vais leur dire ?

Je sens que les petites écluses s'ouvriront bientôt pour laisser couler à flot ses larmes remplies d'une expectative mal placée.

— Tu leur diras ce que tu veux. Mais moi, je n'y vais pas à ton party de bureau. Je ne connais personne !

Lise Gaboury-Diallo

Tuk

Tic, temps, tic, Tuk. Coups brefs et sourds qui tambourinent sur l'opacité de la nuit. Au-delà de l'horizon, on s'imagine apercevoir la silhouette sombre de son ancêtre lointain – nommé Tuk lui aussi – qui enfonce son *savgut* pour sonder la neige avant de bâtir l'igloo familial. Coups de sonde méthodiques. Essentiels.

Tic, temps, tic, Tuk. Rythme fragile, quand même déterminé, qui se faufile le long des vagues grises. D'ici, on devine, peut-être, sa grand-mère s'approchant après la récolte d'eau matinale, tenant d'une main *l'ajauppiaq* qui assure son équilibre. Légers soufflets au silence. Pourtant bien appuyés.

Tic, temps, tic, Tuk. De petites entailles à la course du vent qui s'acharne sur les toits. Tout près, Tuk plonge, plonge, replonge rêveusement une paille dans son lait frappé, blanc, chamarré de baies sauvages. La mémoire engourdie, les mots gelés.

De moins en moins.

En moins.

Tic, temps, tic, Tuk.

René Ammann

Un autre message

La distance nous a rendus plus bavards. On s'envoie des messages constamment alors que, voisins, on ne prenait pas la peine de converser. Certes ce sont des messages courts, loin d'une vraie conversation, mais c'est un plaisir de te parler. J'imagine que tu peux tout me dire de ta vie quand tu ne vois pas mon visage. C'est certainement ce qui se passe quand tu me parles de tes problèmes.

Ces messages m'inquiètent, bien sûr, mais je ne sais quoi faire pour t'aider. Des fois, j'essaie de l'ignorer et la culpabilité me ronge. Mais c'est vite fait que j'espère ton prochain message, j'essaie de te remonter le moral. C'est difficile. Difficile et effrayant. J'ai peur qu'une vie se passe entre deux messages.

Gabriel Chiasson

Un cœur pourri

Debout à la fenêtre, Marie regarde les personnes qui grouillent huit étages plus bas. Pressées, les unes courent pour rattraper le temps, tandis que les autres vont au hasard comme si les minutes étaient éternelles. Tout le poids de Marie est tendu vers le vide, retenu uniquement par la vitre qui supporte son front. De la buée va et vient sur la fenêtre. Marie y dessine un sourire, mais il accentue sa désolation.

La vie a une date de péremption. Tout goute le rance à trente-sept ans. Les soins antiâges de Marie retardent encore, comme des agents de conservation, cette vague odeur qui émane de son cœur de vieille fille, mais tout était mieux avant, et tous le savent.

Un oiseau vient se fracasser le cou contre la fenêtre. Marie le regarde tomber en chute libre. Une envie de rire, de vivre la prend soudainement.

Karine Lachapelle

Un impair impardonnable

Georges avait été invité au Centre des pionniers pour un repas à l'occasion de l'Action de grâce. Homme ponctuel, il arriva dix minutes avant le diner, accompagné de Caramel, et se dirigea tout de go vers une table pour six personnes, où trois chaises étaient encore libres.

Aussitôt assis, Caramel à ses pieds, Georges fut interpelé par l'animatrice. Sur un ton sec, elle lui fit savoir que les chiens n'étaient pas admis dans la salle à manger.

— Mais c'est mon chien-guide, madame.
— Est-ce que vous êtes malvoyant ?
— Non, je suis diabétique.
— On peut vous servir un repas pour diabétiques, mais votre chien doit quitter la salle.

Georges expliqua que Caramel, un croisement entre Labrador et Golden retriever, était un chien-guide pour personnes diabétiques. « Des sornettes », répondit l'animatrice qui fit aussitôt venir le garde de sécurité pour expulser l'intrus *manu militari*.

Paul-François Sylvestre

138

Un matin aigre-doux

Mes narines flairent le fin tourbillon qui s'invite dans mes draps en cette aube hivernale. Je me lève afin de tout mettre au clair. L'odeur qui s'infiltre dans mes quartiers me mène vers la cuisine, où trône paisiblement mon oncle Jules, un *Sénécal* en main. Il me sourit légèrement, laissant entrevoir la nudité de ses gencives. La serviette pliée sur son bras gauche répond partiellement à ma question. Et le four allumé écarte tout doute.

Soudain, des éclats de verre atterrissent à mes pieds. À pas de loups, mon oncle Jules et moi nous dirigeons vers la fenêtre de la façade est qui vient de subir le choc. Deux garnements, hauts comme trois pommes, fuient au galop en riant. Notre regard se rive alors sur un bonhomme de neige de noir vêtu. Derrière nous, le gigot d'agneau que fait cuire oncle Jules nous signale son état.

Bienvenu Senga

Un matin dans le métro

Il avait vu, sur le plexiglas protégeant les plans et les pubs, des croix gammées, des slogans désobligeants. Il avait sorti son flacon de désinfectant.

« L'alcool va effacer l'encre », dit-il à ses voisins.

Comme il n'avait pas de mouchoir, il a enlevé son écharpe et c'est avec ça qu'il a fait le ménage dans le wagon. Mais en rentrant chez lui, le soir, il s'est rendu compte que même si elle était sale, il ne pouvait pas la laver, son écharpe. Alors il la suspendit à un portemanteau et le lendemain matin, il s'en acheta une autre. Et il retourna s'en acheter une chaque fois qu'il a dû faire le ménage dans un wagon, sur une vitrine. Au bout d'un an, on ne le voyait plus, son portemanteau, sous les écharpes. Elles avaient toutes perdu un brin de joliesse, mais gagné une pleine part de caractère.

Bertrand Nayet

Un matin sur terre

Aurore le regardait se raser. Il avait laissé la porte ouverte et il enlevait des restes de mousse sur sa joue. Gestes méticuleux de son quotidien qu'elle captait comme une voleuse.

Accoudée dans l'embrasure de la porte, elle ne se cachait pourtant pas. Il faisait semblant d'ignorer sa présence, mais voyait son reflet dans le miroir.

Elle savait que bientôt, le corps de cet homme, sa maison, sa rue, sa ville, son pays, ne seraient plus qu'un petit point sur sa carte du monde.

Tout prenait une dimension démesurée. Un miaulement dans le lointain, un léger souffle de vent, un rayon de lumière. Ce moment resterait gravé, comme l'avait été son regard posé sur elle, un soir de printemps. Elle enregistrait une des dernières images de son escale.

Ceci aurait pu être le commencement d'une histoire.

Garder le regard posé sur lui, encore un instant.

Martine Jacquot

Une détonation !

Boum !

C'est tout ce que le curé du village entendit ce matin-là et il n'osa pas sortir du presbytère.

Imperturbable face aux bruits, Bernadette enfila sa robe brune pour aller silencieusement prier à l'église. Par après, elle devait nettoyer les pierres tombales. Bernadette aimait cette dernière tâche, car elle en profitait pour rendre visite à sa mère.

En arrivant à l'église, le curé n'y était pas. Jugeant qu'il était déjà au café, Bernadette se dirigea dans le silence vers le cimetière.

Le fossoyeur lui fit signe de la main et il s'approcha avec des bâtons rouges. Il essaya maladroitement d'expliquer avec le peu de signes que lui avait appris Bernadette, que sa nouvelle technique pour creuser les fosses serait d'utiliser de la dynamite.

Rachelle Rocque

Une vague à la fois

La mer reste devant eux, les applaudissant, les encourageant à parcourir son périmètre. Main dans la main, ils marchent, toujours vers l'est, loin de la voiture. Quand le froid viendra enfin, ils retourneront sur leur pas, mais pour l'instant, ils préfèrent profiter du moment présent et du sable sous leurs pieds. La femme ne parle pas, elle n'a pas de mots à dire et, de toute façon, l'homme n'a d'ouïe que pour les vagues qui déferlent tranquillement près d'eux. Le sel de la mer remplit les narines. Le soleil, lui, ne se fait que très peu sentir. Il a perdu sa place, se confond avec la mer, puis disparait.

— On retourne par là ?

Un hochement de la tête féminine suffit et ils repartent enfin.

Gabriel Chiasson

Une vie commune : synopsis

Paul et Marie avaient des buts dans la vie. Paul avait des principes et Marie, de l'expérience de vie qu'elle disait.

Ils visaient tous deux une belle maison, des emplois valorisants, deux enfants tranquilles et un bon régime de retraite. Rien d'excitant en somme, mais très sécuritaire.

Ils atteignirent leurs objectifs. Ils aimaient leur maison et leurs emplois. Ils pensaient aimer leurs enfants qu'ils ne comprenaient pas, qu'ils n'écoutaient pas. Il y a eu des réussites et des échecs scolaires, des rébellions pourtant prévisibles, des chicanes de famille. Il y a peut-être eu des infidélités.

Ils se sont retrouvés seuls dans une grande maison en attendant des petits-enfants qui n'arrivaient pas. Ils cessèrent de se parler, n'ayant plus rien à se dire. Ils n'avaient pas ciblé de nouveaux objectifs.

Ils finirent leur vie en mourant à petit feu, chacun chacune dans sa tête.

Charles Leblanc

Venise

— Venise vous plait ?

Carla dévisagea l'étranger et se contraignit à une grimace aimable.

— Je ne sais pas ... j'arrive à peine, répondit-elle sèchement.

Les hommes ! Toujours à la recherche d'amourettes. Elle en était lasse, de ces tocades vouées au provisoire. Elle se détourna pour fixer son attention sur le va-et-vient des gondoles dans le canal.

Devant elle se déployait la « féérie méditerranéenne », vibrante de sons, de couleurs et de brises parfumées. Des hirondelles s'entrecroisaient joyeusement dans le ciel. Sur le quai, un jeune couple s'embrassait passionnément.

Un jeune homme passait, vit Carla et s'arrêta. Elle remarqua l'éclat de ses yeux, son air énigmatique et félin, son allure heureuse d'animal bien portant. Une vision irréelle, d'une étrange et perverse beauté, qui lui sourit...

L'âme de Carla s'imprégna de douces voluptés.

— On est toujours plus riche à deux, se dit-elle, avant de se lever pour le rejoindre.

Tatiana Arcand

Vie de couple

« Selon Charles Tisseyre, les sauterelles nomades d'Afrique sont en voie d'extinction. Le topaze de leurs ailes se fane et leur équilibre s'effrite. » L'époux de Lucienne ne jure que par l'animateur de *Découverte* dont il se régale, chaque dimanche, en guise de dessert. Sa femme aimerait rétorquer que le Beau Brummel de la société d'État ne fait que lire les narrations dictées par les chercheurs. Elle ajouterait, si elle osait, qu'il est donc erroné de le citer à tout venant. Mais Lucienne se tait et continue de crocheter.

Hier encore, son apprenti scientifique de mari s'est vanté de son savoir en matière d'insectes en péril lors du souper mensuel de l'Âge d'or. Lucienne a soupiré et levé les yeux au ciel. Depuis qu'elle a lu dans *La Semaine illustrée* que Charles Tisseyre avait déjà souffert de dyslexie, elle ne lui fait plus confiance. À lui non plus.

Josée Gauthier

Vin

Au cœur de la nuit, il y a ce vin doux que je bois, ne sachant si c'est l'alcool ou le sucre qui me plait. Je prends une nouvelle gorgée pour y réfléchir. Est-ce l'ivresse que je cherche ou le souvenir des réglisses de mon enfance ? J'hésite. Je rebois de ce traitre vin qui me ramollit et m'embrume. Qui veut me faire croire que la vie est belle.

Il faut se méfier du vin qui nous fait dévoiler des vérités qu'à jeun nous préférons cacher. Les vérités qui nous ont ainsi échappé sont très difficiles à rattraper. Elles sont aussi très dommageables, plus encore que le sont les mensonges délibérés.

Je titube dans la nuit et abandonne la bouteille vide. Allons ! Un peu de tenue dans le marcher ! La chambre est toute proche. Et dedans, il y a le lit qui, jusqu'à demain, me fera tout oublier.

Maurice Henrie

Vision polaire

Au fond de l'horizon, dans l'immensité de l'espace, du ciel et du silence, un point rouge d'abord, minuscule. Une tache qui, s'avançant en un lent mouvement, s'agrandit progressivement. Puis, des contours qui se précisent graduellement en une forme reconnaissable : un bateau. Sa coque rouge tranche violemment avec la glace d'une blancheur éclatante. Une masse énorme, qui parait glisser. Celle-ci s'approchant, se profile alors, à une trentaine de mètres en avant de la proue, une frêle silhouette humaine. Elle marche d'un pas régulier, comme si elle était seule… On dirait un enfant; il semble revêtu de parures chamaniques… C'est comme s'il ouvrait la route au brise-glace…

— Qu'est-ce que tu regardes si fixement ? T'as l'air fasciné. Passe-moi les jumelles.

Des années plus tard, lorsqu'on lui commanda une peinture qui ornerait l'affiche d'une exposition consacrée à l'Arctique, la fascination qui l'avait envahi cette journée-là lui revint soudain en mémoire.

François Lentz

Voir Venise et mourir

Ça l'avait pris comme ça, un matin, sans raison particulière : il voulait voir Venise. Pas Paris, pas Berlin, surtout pas Barcelone, non : Venise, ses canaux verdâtres et ses pirogues. En quelques clics, le billet d'avion était acheté. Dès lors, ça avait été la course aux formalités : son premier passeport ! Il avait fallu faire garder Lucy, son bichon nain, et Clara, sa fille de quatre ans, demander aux voisins d'arroser les plantes, de rentrer le courrier, vider le réfrigérateur des derniers aliments périssables. Puis le grand jour était arrivé. Guide d'italien en main, il avait franchi la porte d'embarquement, avait voyagé, les écouteurs enfoncés dans les oreilles, répétant des *Dove sono i gabinetti ?* et des *Buona notte* sous le regard étonné des autres touristes, américains. Le climat tropical et le douanier anglophone avaient fini par l'inquiéter. Venise, Italie ? Plutôt Venice, Louisiane.

Chloé LaDuchesse

149

Voisins

Samedi midi. Le SUV du 151 démarre en trombe avec sa musique tonitruante. Le silence retombe. La voisine sort, ses enfants courent au bac-piscine du jardin.

Les voisins partent au lac :
— Ils sont partis ?
— Vont fêter ailleurs pour une fois !
— Pas de police cette semaine ?
— Les enfants pourront dormir !

Dimanche matin. Les retraités d'en face s'étonnent : un camion et trois jeunes au 151 ?

Le monsieur qui promène son labrador :
— Déménagement : nous sommes le premier aout.
— Bien sûr !

Deux jours tranquilles : sieste, piscine pour les enfants, jardinage, la nouvelle court...

Lundi soir : une musique tonitruante secoue la rue. Le SUV pétarade, s'arrête. La passagère descend, entre au 151, hurle. Les voisins regardent, sidérés.

— Quoi ?
— .... vide !
— Coupez la musique !
— Tout pris !
— Ben oui ! Vos déménageurs sont venus !
— Quand ?
— Hier.
— Les ... les ... Ils ...
— Quoi, ILS ?
— Les cambrioleurs.

Jacqueline Barral

BIOGRAPHIES

7937

pages 103, 125, 126

Quelques mots couchés sur le papier par un passionné des mots

Caroline Alberola-Colombet

page 109

Caroline a quitté la France il y a 5 ans pour le Canada. Elle vit à Winnipeg avec son mari et leur petite fille de 3 ans.

René Ammann

pages 26, 75, 100, 135

Conjoint, père et enseignant depuis le siècle dernier. Écrit un peu de tout : théâtre jeunesse, romans jeunesse, comptines, haïkus, nouvelles, listes d'épicerie, bulletins, matériel pédagogique, etc. Vit au Manitoba depuis bien des soleils, avec bien des vaches. Toutes francophones.

Tatiana Arcand

pages 13, 145

Professeure de langue et de littérature françaises à la retraite; auteure de nombreux articles portant sur la littérature canadienne de l'Ouest et d'œuvres pour la jeunesse ainsi que d'un recueil de contes fantastiques intitulé *Voyages au pays des maléfices*. Publication plus récente : « Une flûte de trop » parue dans les Cahiers franco-manitobains.

Jacqueline Barral

pages 29, 52, 118, 150

Arrivée au Manitoba en 1973, Jacqueline a exercé depuis toujours une variété d'activités professionnelles dans le domaine des langues, principalement le français, et de la littérature. Elle a publié trois livres de jeunesse dans les années 90 et quelques nouvelles dans divers recueils.

Jérémie Beaulieu

page 119

Jérémie est né en 1996 à Saint-Boniface (Manitoba). En 2009, sa première nouvelle « La Rue Notre-Dame » est publiée dans *La Liberté* dans le cadre d'un concours de création littéraire de la Maison Gabrielle-Roy. Passionné de la langue, il fait un baccalauréat spécialisé en études françaises à l'Université de Saint-Boniface.

Sébastien Bérubé

page 76

Sébastien est Néo-Brunswickois. Diplômé de l'Université de Moncton campus d'Edmundston et artiste multidisciplinaire, il a publié un roman en 2012, *L'œil de papier*, et enregistré un album en 2013 *L'encre des saisons*. Son premier recueil, *Sous la boucane du moulin*, publié en 2015 chez les Éditions Perce-Neige, lui a valu le Prix de l'Excellence en poésie de l'ÉFA et a été finaliste au Prix Antonine-Maillet-Acadie Vie.

Pierrette Blais

page 96

Pierrette, retraitée de l'enseignement, Franco-Manitobaine d'adoption, amoureuse des mots, a développé depuis une quinzaine d'années une véritable passion pour la révision linguistique et le travail avec les auteurs. Ceux-ci lui feront découvrir de nouveaux horizons allant du polar à la santé spirituelle. Elle projette de publier un recueil de nouvelles.

Martine Bordeleau

pages 6, 10

Auteure amatrice autodidacte, Martine a consacré sa vie professionnelle au monde des communications. Manitobaine originaire de Montréal, elle anime depuis 2013 une émission de radio à Winnipeg où elle vit depuis 1987. Cette nouvelle est l'une de ses premières publications.

Gabriel Chiasson

pages 107, 136, 143

Étudiant acadien du Nouveau-Brunswick, Gabriel a fait de la lutherie, de la traduction, et étudie maintenant la littérature. Il aime travailler de ses mains et l'odeur du bois fraichement coupé, il se relaxe en lisant, dessinant ou jouant aux jeux vidéos.

Marie-Claire Chiasson

pages 43, 63, 79

Âgée de 23 ans, Marie-Claire a complété ses études en environnement et géographie à l'Université McGill. De retour depuis peu dans sa région natale, l'Acadie, elle s'exerce à l'écriture comme passetemps. Autre que se référer à la troisième personne, elle aime aussi se blottir contre son chat.

Jean Chicoine

page 23

Né à Montréal en 1952, Jean vit à Winnipeg depuis 1989. Il a publié trois romans aux Éditions du Blé, en termine un quatrième. Il tient deux sites web, le blogue *le journal d'un miroir* et le récit de science-fiction *Charlotte Bay dans la Voie Lactée*.

Margaret Michèle Cook

pages 37, 38, 53, 60

Margaret Michèle est l'auteure de sept recueils de poésie publiés aux Éditions du Nordir et aux Éditions l'Interligne. Elle a aussi publié plusieurs nouvelles dans la revue *Virages*. Elle s'intéresse aux paysages réels, psychiques et imaginaires, et au pouvoir ludique des mots.

Myriam Dali

pages 1, 98

Myriam est une tunisienne de 31 ans ayant grandi à Montréal, elle est actuellement étudiante au doctorat en linguistique à l'Université d'Ottawa.

Louise Dandeneau

pages 27, 46, 113

Louise est traductrice, écrivaine et photographe et vit à Winnipeg. Elle a publié des nouvelles dans diverses publications et son premier recueil, *Les quatre commères de la rue des Ormes*, est paru aux Éditions du Blé en mars 2016. À l'heure actuelle, elle prépare son deuxième recueil de nouvelles.

Pierre-André Doucet

page 97

Pianiste et auteur acadien, Pierre-André a été finaliste des Prix Émile-Ollivier, Éloizes, et aux Jeux de la Francophonie de Beyrouth et de Nice. Son premier recueil de poésie et de nouvelles, *Sorta comme si on était déjà là*, est paru aux Éditions Prise de parole en 2012.

Renaud Doucet

page 9

Renaud est originaire de la région de Rouyn-Noranda, au Québec. Il s'installe à l'été 2016 à Winnipeg en tant que coordinateur radiophonique pour Envol 91 FM. Il poursuit à l'automne en tant qu'animateur radio et gestionnaire de projets pour Action Médias. Enrôlé au Cercle Molière et à la Ligue d'Improvisation du Manitoba, il continu de profiter de la vie.

Louise Dupont

page 49

Louise a travaillé pendant plusieurs années à la Bibliothèque de Saint-Boniface. Elle a toujours aimé écrire et a publié des poèmes, des nouvelles et un livre *Mission accomplie : le parcours d'une mère vers la réconciliation et la guérison* (Trafford Publishing, 2012). Elle a un intérêt particulier pour la spiritualité et la guérison.

Dominique Marie Fillion

pages 12, 94, 127

Dominique Marie vit au Manitoba depuis 1975. Elle habite à St-Malo depuis 2014 sur une fermette. Mère de trois jeunes adultes, elle recommence tranquillement à écrire pour le plaisir.

Gisèle Fréchette Beaudry

page 99

Native de Saint-Boniface au Manitoba, Gisèle s'intéresse depuis toujours à la littérature et aux arts. Inspirée du quotidien, elle cherche à exprimer la sensibilité de l'humain et de son environnement. Par la poésie, la prose, les haïkus et la nouvelle, elle façonne ses images.

Lise Gaboury-Diallo

pages 31, 128, 134

Professeure au département d'études françaises, de langues et de littératures à l'Université de Saint-Boniface, la Franco-Manitobaine a publié huit recueils de poésie et deux recueils de nouvelles depuis 1999.

Lyne Gareau

pages 7, 58, 73, 92

Originaire de Montréal, Lyne habite en Colombie-Britannique. Après avoir enseigné le français à l'université, elle se consacre maintenant à l'écriture. Elle a publié dans *Virages* et dans *Moebius*, et a reçu en 2015 la bourse de création des Écrivains Francophones d'Amérique pour l'écriture de son roman *La librairie des insomniaques* (Éditions du Blé, 2017).

Josée Gauthier

pages 4, 17, 89, 146

Franco-Ontarienne d'adoption, Josée est originaire du Québec. Elle a toujours maintenu un grand intérêt pour la fiction et a participé à plusieurs ateliers littéraires dont l'un sur la micronouvelle. Cette année, elle se consacre résolument à l'écriture de son premier recueil de nouvelles.

Monique Genuist

pages 3, 61, 70

Originaire de Lorraine en France, Monique habite depuis de nombreuses années dans l'Ouest canadien auquel elle est attachée. Après avoir enseigné à l'Université de Saskatchewan à Saskatoon, elle a pris sa retraite à Victoria. Elle a publié des études littéraires, des nouvelles et des romans.

Florian Grandena

pages 18, 25, 45, 95

Florian enseigne les études cinématographiques au Département de Communication de l'Université d'Ottawa. Depuis son expérience de la maladie, il s'est promis de jongler plus souvent avec les mots pour le plaisir, car la vie est trop courte pour se limiter à quelques lignes d'un curriculum vitae.

Maurice Henrie

pages 16, 112, 123, 147

Maurice a terminé une maitrise en lettres à Ottawa et un doctorat à Paris. Il a fait carrière dans la Fonction publique fédérale et a été professeur aux Universités d'Ottawa et de Carleton. Il a publié seize livres (romans, nouvelles et essais), dont plusieurs ont reçu des prix littéraires.

Martine Jacquot

pages 14, 44, 68, 141

Martine est poète, romancière, nouvelliste, essayiste et auteure jeunesse. Elle a publié une trentaine de livres dont *Les oiseaux de nuit finissent aussi par s'endormir* (David, 2015) et *Au gré du vent* (La Grande Marée, 2015). Elle vit en Nouvelle-Écosse et voyage beaucoup.

Thibault Jacquot-Paratte

pages 24, 51, 114

Né en Nouvelle-Écosse, Thibault voyage, écrit et compose quand il le peut, parce qu'il en a besoin. Il a étudié à la Sorbonne et tente présentement de terminer son Master. Il fête la sortie de ses trois premiers livres, et essaie de prévoir la sortie du prochain album de musique de son ensemble.

Augusté Jasiulyte

page 22

Née en Lituanie, amoureuse du Canada (plus particulièrement de la Nouvelle-Écosse) et de la langue française, Augusté Jasiulyte a étudié les pays nordiques, se spécialisant en linguistique.

Aristote Kavungu

page 87

Aristote est l'auteur de plusieurs romans, d'un recueil de nouvelles, *Dame-pipi blues*, et d'un recueil de poèmes, *C'est l'histoire d'un enfant qu'on ne raconte pas aux enfants*. Il a été finaliste aux Prix des lecteurs de Radio-Canada, au Prix littéraire Anne-Hébert, et gagnant du Grand prix du Salon du livre de Toronto.

Suzanne Kennelly

page 41

Manitobaine d'adoption, Suzanne s'intéresse à la nouvelle et à la dramaturgie. Elle signe *La quête* pour le Cercle Molière en 2000 et *La visite chez Mélina* pour la Maison Gabrielle-Roy en 2013. Cette dernière pièce parait dans les *Cahiers franco-canadiens de l'Ouest* où l'on retrouve également quelques nouvelles.

Nathalie Kleinschmit

pages 105, 133

Une femme d'affaires partageant sa vie entre Winnipeg et Paris, Nathalie Kleinschmit a longtemps caché sa passion pour la musique et pour les mots. En 2015, elle troque son tailleur de cadre contre une paire de jeans pour se consacrer à la promotion des artistes et trouve enfin sa voix.

Hélène Koscielniak

pages 30, 90

Résidente de Kapuskasing en Ontario Nord, Hélène a été lauréate de plusieurs prix littéraires pour ses romans, *Marraine, Filleul, Contrepoids, Carnet de bord* et *Frédéric,* ainsi que son essai sur la langue, intitulé *Le tarois.* Fervente d'actualités, ses écrits traitent invariablement de thèmes courants et réalistes.

Evelyne Lachapelle

pages 20, 28, 129

Franco-Ontarienne, elle est née dans une famille où les livres et la chanson étaient prisés. Son père, conteur, lui a donné gout d'en faire autant. Internet fut très utile dans ses déplacements lors de sa longue carrière en éducation qui l'a conduite à Kirkland Lake, Montréal, Ottawa, Whitehorse, Haïti, Mali, nord du Manitoba et enfin Saint-Boniface où elle réside depuis 2001.

Karine Lachapelle

pages 106, 132, 137

Karine, Franco-Ontarienne, travaille comme traductrice à la pige. Elle est détentrice d'un baccalauréat en lettres françaises et termine actuellement des études en traduction trilingue à l'Université d'Ottawa. Timide, elle a toujours préféré écrire plutôt que parler et aime bien passer ses journées en tête-à-tête avec son ordinateur.

Chloé LaDuchesse

pages 19, 33, 50, 149

Poète et nouvelliste, Chloé a fait paraitre en 2017 un premier recueil de poésie, *Furies,* aux éditions Mémoire d'encrier. On peut également la lire dans certaines revues culturelles.

Geneviève Lapalme

page 86

Geneviève est journaliste. Elle a toujours été passionnée par le langage et les mots, la précision et la puissance du discours.

Diane Lavoie

page 36

Diane vit à Winnipeg. Traductrice, artiste visuelle et auteure, elle a notamment publié des romans jeunesse aux Éditions des Plaines et chez Soulières éditeur.

Charles Leblanc

pages 117, 144

Manitobain depuis 1978, Charles gagne présentement sa vie comme traducteur. Il gagne son ciel en jouant la comédie à l'occasion et en écrivant des articles de revue et de la poésie. Dernier recueil paru en 2015 aux Éditions du Blé : *les lieux de l'amour, l'amour des lieux*, poèmes et dessins, avec Bertrand Nayet.

François Lentz

pages 39, 122, 148

François a œuvré pendant de nombreuses années dans le domaine de l'enseignement du français à Winnipeg, où il s'est établi il y a une trentaine d'années. Il est actuellement collaborateur auprès du Centre d'études franco-canadiennes de l'Ouest, logé à l'Université de Saint-Boniface. Il a publié ci et là quelques nouvelles.

Eileen Lohka

pages 5, 32, 62, 102

Eileen est professeure titulaire à l'Université de Calgary. Ses recherches portent sur les littératures francographiques des Mascareignes. Elle est l'auteure de *Déclinaisons masculines* (2015) ; *La femme, cette inconnue. Isle de France, terre des hommes* (2013) ; *C'était écrit* (2009, Prix Jean-Fanchette 2006) ; et *Miettes et morceaux* (2005).

Danielle S. Marcotte

pages 34, 88, 101, 111

Née au Québec, Danielle abandonne la maitrise en histoire à UVic pour occuper, à Vancouver, pendant une trentaine d'années, des postes de recherchiste, journaliste, animatrice et réalisatrice à Radio-Canada. Elle voyage beaucoup et écrit, en anglais et en français, des livres pour enfants et des articles de journaux.

Marcel Marcotte

page 67

Natif de Hearst, Marcel y est de retour après 23 années d'exil entre Timmins, Connaught, North Bay et Sturgeon Falls. Sans être formé en écriture, cette passion l'a souvent accompagné et très bien servi dans ses emplois à la radio ou en tant qu'auteur-compositeur-interprète.

Éric Mathieu

pages 56, 131

Éric est professeur de linguistique à l'Université d'Ottawa. Il travaille, entre autres, sur la syntaxe et la morphologie du français et des langues algonquiennes. Passionné de littérature, il écrit et publie des nouvelles en français et en anglais, et a publié en 2016 aux éditions La Mèche (La Courte Échelle), un roman, *Les suicidés d'Eau-Claire*, très bien accueilli par la critique et Prix Émergence AAOF 2017.

A.M. Matte

pages 21, 93

Auteure primée, A.M. a publié les recueils *Where Pigeons Roost and other stories* et *Ce que l'on divulgue* ainsi que des textes dans les revues littéraires *Virages* et *Ancrages*. Son écriture est appuyée par les Conseils des arts de Toronto, de l'Ontario et du Canada.

Ian C. Nelson

pages 57, 72, 80, 110

Depuis 2001 Ian anime le Cercle des écrivains de La Troupe du Jour. Sa pièce *La Chambre blanche* a reçu le prix SATA (Saskatoon & Area Theatre Award) 2013-2014. Il a d'autres pièces publiées dans le *Théâtre Fransaskois* (La Nouvelle Plume) et dans *Write On! Theatre Saskatchewan Anthology* (PUC).

Jeannine Ouellette

pages 40, 66, 91

Originaire de Kapuskasing, Jeannine est passionnée par l'histoire des femmes et du Nord de l'Ontario. Elle est l'auteure de trois livres dont *Il était une fois mon village : origine des noms des lieux du Nord de l'Ontario* (2016). Depuis 2012, elle signe le projet « LES ELLES DU NORD » sur Facebook et Wordpress.

Henri Paratte

pages 64, 115

Écrivain acadien. Poète, nouvellier, essayiste. Auteur de *Dis-Moi La Nuit* (1982), *Confluences* (1993), *Alexandre Voisard* (1986) et la traduction de *Anne of Green Gables, Anne : La Maison aux Pignons Verts* (1986). Professeur, Université Acadia (1972-2012). Études en russe, arabe, et relations interculturelles, Université Dalhousie, depuis. Choriste, animateur radio, pigiste.

Claire Poliquin

page 54

Enseignante, orthopédagogue et mère de trois enfants, Claire est l'auteure de la *Kinou au zoo* (CFORP, 2010) et du roman jeunesse *Émilie au pays des salsifis* (Plaines, 2012). Son prochain roman à paraitre, *Rigo l'écolo rigolo !*, aborde avec sensibilité de grandes problématiques liées à l'environnement.

Laurent Poliquin

pages 77, 116, 121

Écrivain et professeur, Laurent a fait paraitre une dizaine de livres, parmi lesquels *De l'amuïssement des certitudes* qui a reçu le Prix Rue-Deschambault en 2015. Sa monographie *De l'impuissance à l'autonomie : Évolution culturelle et enjeux identitaires des minorités canadiennes-francaises* est parue en 2017 aux Éditions Prise de Parole.

Gabriel Robichaud

page 82

Gabriel est un comédien et auteur acadien né à Moncton. Dans les dernières années, il se promène un peu partout entre la francophonie du pays et d'ailleurs. Depuis septembre 2014, il habite Ottawa.

Rachelle Rocque

pages 71, 104, 142

Rachelle est née à Iqaluit dans les Territoires du Nord Ouest en 1990. Diplômée d'un baccalauréat en éducation, avec excellence, à l'Université de Saint-Boniface en 2014. Passionnée par la justice sociale au niveau local et international, Rachelle est animatrice avec Développement et Paix-Caritas Canada depuis février 2017.

Paul Ruban

pages 42, 69, 81, 130

Paul Ruban est né à Winnipeg. Ses nouvelles ont paru dans les revues *Zinc, Mœbius, Main blanche, Ancrages* et *À ciel ouvert*. Il nie en bloc avoir collaboré aux revues satiriques *Le Froid* et *Le Tobain*.

Bienvenu Senga

pages 11, 48, 83, 139

Originaire du Burundi, Bienvenu vit au Canada depuis huit ans et s'est établi à Sudbury (Ontario) en 2011 pour entreprendre ses études universitaires. Il y réside toujours et est journaliste à l'hebdomadaire *Le Voyageur*. La lecture est sa thérapie et l'écriture, son exutoire.

Jean-Pierre Spénard

page 120

Natif d'Ottawa et fils de militaire, Jean-Pierre a connu Saint-Jean-sur-Richelieu, la France, et, plus tard, Québec et Barrie au gouvernement du Canada en tant qu'agent de développement économique communautaire. Sa nouvelle passion est la découverte du Canada, ses montagnes, ses lacs et ses rivières sans oublier les océans par ses chemins et campings !

Elsie Suréna

pages 47, 59, 124

Elsie produit surtout dans les genres brefs (haïku, récit). Ses titres les plus connus sont *Confidences des Nuits de la Treizième Lune* et *Retour à Camp-Perrin*. Également photographe, elle a exposé dans la Caraïbe, aux États-Unis et au Canada. Elle vit à Hearst, dans le nord boréal de l'Ontario.

Paul-François Sylvestre

pages 78, 138

Paul-François est originaire du Sud-Ouest ontarien et vit maintenant à Toronto. Il a publié plus de quarante-cinq ouvrages, dont sept romans et une vingtaine d'essais sur l'Ontario français. Ses critiques littéraires paraissent chaque semaine dans divers hebdomadaires de la francophonie canadienne.

Claire Trépanier

page 15

Claire est native de la ville de Québec et vit à Ottawa depuis 1973. Suivant l'obtention de sa maitrise en littérature française de l'Université d'Ottawa, elle a travaillé en développement international pendant 22 ans. Boursière du Conseil des arts du Canada, elle écrit et publie biographies et nouvelles.

Achevé d'imprimer en novembre 2017
sur les presses de Hignell Book Printing
Winnipeg (Manitoba)
pour le compte des Éditions du Blé